Der Autor ist 47 Jahre alt, verheiratet und hat zwei Kinder. Er lebt mit seiner Familie in der Nähe von Hamburg und arbeitet hauptberuflich als Bibliothekar. Sein Vater ist Engländer und fährt als Nautiker zur See. Seine Mutter ist Lehrerin in einer Hamburger Schule. Aufgrund eines guten Abiturs begann er in Hamburg Physik zu studieren, brach das Studium aber nach dem vierten Semester ab und schrieb sich in der juristischen Fakultät ein. Aber auch dieses Studium entsprach nicht seinen Wünschen und so ging er in die Praxis und landete nach einigen Versuchen in einer Bibliothek, wo er immer noch tätig ist. Nebenbei verfasst er Kurzgeschichten und schreibt Romane. Noch gilt aber seine Vorliebe der Kriminalliteratur.

Die Handlung und alle handelnden Personen und Institutionen sind frei erfunden. Jegliche Ähnlichkeit mit lebenden oder realen Personen wäre rein zufällig und nicht beabsichtigt.

Pit Saylor

Das Mädchen mit dem Muttermal

Kriminalroman

Bibliografische Information der Deutschen Nationalbibliothek: Die Deutsche Nationalbibliothek verzeichnet diese Publikation in der Deutschen Nationalbibliografie; detaillierte bibliografische Daten sind im Internet über dnb.dnb.de abrufbar.

Umschlaggestaltung: Dr. Berthold W. Seemann

Herstellung und Verlag: BoD – Books on Demand, Norderstedt

ISBN: 9 783 755 735 182

Ein Dorfidyll verstummt.

Alhausen ist ein beschauliches Reihendorf in Sachsen-Anhalt nahe dem Mittellandkanal.

Ein kleines Einfamilienhaus in der Dorfstraße war das Schmuckstück des Ortes, mit einem gepflegten Vorgarten. Vor dem weiß geputzten Haus breitete sich eine zweigeteilte, akkurat gepflegte grüne Grasfläche aus. Der Rasen war kurz geschnitten. Auf der linken Hälfte hatte die Hausfrau Anna Petersen in der Mitte ein großes Oval angelegt. Darin leuchtete einem eine Mischung bunt blühender Blumen entgegen. Sie hatte die einzelnen Pflanzen mit Bedacht ausgewählt, sodass ein verlockender Duft die Bienen anzog. Die rechte Hälfte des Vorgartens war genauso angelegt wie die linke. In der Mitte zwischen den beiden Grünflächen führte ein gepflasterter Weg auf die Hauseingangstür zu. Diese befand sich in der Mitte der verglasten Veranda. Eine Ligusterhecke begrenzte auf beiden Seiten diesen symmetrischen Vorgarten. An der Vorderseite der Grundstücks-grenze stand ein halbhoher Metallzaun, den Knut Petersen eigenhändig angefertigt hatte. Es bereitete ihm immer wieder große Freude, kreative Ideen mit Eisen zu verwirklichen. So wurde daraus dieser Zaun. In dessen Mitte befand sich ein Gartentor. Jedem Fremden, der dieses Anwesen das erste Mal zu sehen bekam, hatte den Eindruck, dass in diesem Haus ordnungsliebende Menschen wohnen.

An das Wohnhaus hatte später Knut eine Garage angebaut und an der rechten Seite einen selbst gefertigten Ständer für Jennys Fahrrad aufgestellt.

Das Gebäude wurde für vier Personen geplant. Bei der Raumaufteilung im Inneren hatten die Eltern die Bedürfnisse ihres behinderten Jungen berücksichtigt, denn neben ihrem großen Schlafzimmer befand sich ein kleineres Zimmer für Mike.

Die vierzehnjährige Tochter Jenny bewohnte ein eigenes Zimmer im Dachgeschoss. Auf beiden Seiten hatten sie für eine bessere Möblierung Abseiten eingesetzt, die über einen Einstieg mit Klappe zugängig waren.

Weil das ganze Haus unterkellert war, fanden sich hier noch genügend Stauraum und ein kleiner Arbeitsplatz für die Hobbyleidenschaften des peniblen Ingenieurs.

Eine wahre Idylle sollte man meinen.

Man schrieb den 20. Mai. Es war kurz vor 7 Uhr. Vor dem Haus Nummer 17 stand das Fahrrad rechts neben der Garageneinfahrt, vor dem Garagentor stand der VW Golf von Knut.

Im Haus rührte sich nichts. Der Schulbus kam pünktlich 10 Minuten nach sieben Uhr, doch an der Haltestelle stand niemand. Der Busfahrer verzögerte die Abfahrt, denn hier stieg immer die fröhliche Jenny ein. Fünf Minuten hatte er gewartet, dann musste er losfahren, denn die anderen Schüler sollten rechtzeitig ankommen.

Kurz darauf hielt der Kleinbus vom Medizinischen Dienst Magdeburg. Eine junge Frau stieg aus und ging wie immer zur Haustür und betätigte die Klingel. Da niemand öffnete, klingelte sie ein zweites Mal und wartete nochmals wenige Minuten. Zumal aber noch andere Behinderte in ihrem Kleinbus saßen und pünktlich zur Einrichtung nach Hortleben gebracht werden mussten, ging Ilona zum Bus zurück.

Der Bus fuhr ab. Sie kannte die gefährliche Stoffwechselkrankheit, unter der Mike litt und wusste auch, dass bei diesen Patienten ein plötzlicher Tod eintreten könnte. Sollte dieses erlösende Ereignis schon diese Nacht passiert sein? Sie wischte sich ein paar Tränen aus den Augen, schüttelte ihren Kopf und wandte sich den anderen Kindern zu.

Vor dem Haus Nummer 17 blieb es ruhig. Was war geschehen? Wie verlief ihr Leben? Wo sind die Bewohner jetzt?

Rückblick - Die Hausbewohner

Anna Petersen hatte mit ihren 41 Jahren schon viel erreicht. Weil sie immer gute Zeugnisse nach Hause brachte, entschlossen sich die Eltern, ihre Tochter Anna Garbe, auch studieren zu lassen. Obwohl ihre Lieblingsfächer Mathematik und Physik waren, entschied sie sich für eine Ausbildung in Betriebswirtschaftslehre. Sie schrieb sich an der Universität Lüneburg ein. Dort erhielt sie als ersten Abschluss den ‚Bachelor'. Weil sich die Chance bot, studierte sie noch zwei weitere Jahre und konnte mit dem Titel ‚Master' die Hochschule erfolgreich verlassen.

An derselben Universität studierte auch ein Knut Petersen, der ebenfalls nach dem Erwerb des ‚Bachelor' noch weiter an der Universität blieb, bis er mit dem ‚Master' für Ingenieurwissenschaften abschließen konnte. Er hatte vor seinem Studium eine Lehre als Metallfacharbeiter beendet. Die Tätigkeit, mit Metallen umzugehen und diesem widerstandsfähigen Material eine neue Form zu geben, gefiel ihm so sehr, dass er sich für ein Studium beworben hatte. Nach dessen Abschluss arbeitete er einige Jahre im nahe gelegenen Fahrzeugwerk Werthofen als Ingenieur.

Vor zwei Jahren hatte er sich selbstständig gemacht und das kleine Start-up mit dem Namen

‚COEx' gegründet. Seine Firma hatte Knut in einem Industriegebiet in der Nähe von Magdeburg angesiedelt.

Anna und Knut lernten sich näher kennen, verliebten sich, heirateten und erwarben dieses Wohnhaus in Alhausen.

Ihre Tochter Jenny erblickte schon im eigenen Heim im Jahr 2003 das Licht der Welt. Sie besuchte die Schule im nahe gelegenen Lautenberg. Auch Jenny war wie ihre Eltern eine fleißige Schülerin und besucht jetzt die 10. Klasse.
Gymnastik und Tanz gehörten zu ihrem Hobby.

Im Jahr 2012 wurde der kleine Mike geboren. Leider stellte der Kinderarzt schon im frühen Kindesalter eine Stoffwechselkrankheit fest, die seitdem sein eigenes Leben als auch das seiner Eltern belastete. Weil Anna und Knut berufstätig sind, waren sie froh, dass sie für Mike tagsüber in dem Heim für Behinderte in Hortleben einen Platz bekommen hatten. Dorthin wurde er täglich mit einem Fahrzeug des Medizinischen Dienstes gebracht und auch wieder abgeholt.

Dieses Heim lag in einer landschaftlich schönen und gleichzeitig ruhigen Gegend. Das Haus war im Niedersachsenstil erbaut worden und bestand aus drei Teilgebäuden, die in Hufeisenform angeordnet waren. Im linken Teil waren die Sanitärräume und die Küche untergebracht. Im Mittelteil befanden sich zwei große Schlafzimmer mit den Betten für den Mittagsschlaf und im rechten Flügel waren zwei geräumige Spiel- und Therapiezimmer vorhanden. Der Innenhof war zweigeteilt. Rechts hatte man eine große Grünfläche mit verschiedenen Spielgeräten bestückt. Auf der anderen Seite war ein kleiner Gemüsegarten angelegt worden. Dabei hatten die Erbauer daran gedacht, die Beete schmal, dafür aber die Wege dazwischen genauso breit zu machen, dass man auch mit dem Rollstuhl fahren konnte. So war es möglich, dass die Bewohner aus der Nähe die Pflanzen sehen, riechen und berühren konnten.

Diese Anlage begeisterte immer wieder die Pflegekräfte und Besucher. Für die Bewohner war sie eine Wohlfühloase.

Der Alltag der Familie

Es war ein sonniger Frühlingstag und bevor Jenny mit dem Schulbus aus dem Gymnasium zurückkam, hatte sich ihre Mutter Anna noch im Vorgarten nützlich gemacht.

Um den Sonnenschein auszunutzen, hatte Anna ihren Chef, Klaus Renner, um drei Tage Urlaub gebeten. Bei ihm genoss Anna Petersen als Versicherungskauffrau einen guten Ruf. Er hatte seinen Abschluss als Diplom-Volkswirt durch ein Studium in Hamburg erworben. Bei seinen Mitarbeitern war er beliebt, obwohl er sehr auf die Einhaltung von Terminen achtete. Das Betriebslima war aber durchweg gut.

Anna konnte an diesem Tag das Essen selbst zubereiten, weil sie Urlaub hatte. Mit ihren Kochkünsten, die sie von ihrer Mutter erlernt hatte, stellte sie jede Schulspeisung und das Essen, das ihr Mann Knut in der Kantine bekam, in den Schatten. Man merkte es ihr auch an, dass ihr das Kochen Spaß machte. Gern versuchte sie, Jenny ein wenig mit in die Küchenarbeit einzubeziehen. Wenn es die anstehenden Schularbeiten erlaubten, war sie dazu bereit, allerdings nur meistens.

Jenny hatte große Freude neben dem Schulunterricht im Gymnasium in Lautenberg in einer Gruppe für ‚Ästhetische Gymnastik‘, sich körperlich zu betätigen. Zu gern würde sie einmal ein Model werden, doch da gab es eine kleine Störstelle im zarten Mädchengesicht. Unter dem rechten Auge saß ein kleines Muttermal. Sie hatte ihre Mutter immer wieder gedrängelt, mit ihr wegen dieses ‚Schönheitsfehlers‘ in eine Hautklinik zu fahren. Doch dort musste sie leider erfahren, dass eine operative Entfernung die Gefahr mit sich bringen würde, dass die Beweglichkeit des rechten Auges beeinträchtigt werden könnte. Also musste sie sich wohl oder übel die Schönheitskorrektur abschminken. Deshalb hatte sie sich nun ganz der ästhetischen Gymnastik verschrieben. Vielleicht erlangt dann ihre Gruppe einmal den AGG World Cup. Dann würde das Muttermal in keiner Weise stören, im Gegenteil.

Der acht Jahre alte Mike war zwar wegen seiner Erkrankung sehr schwächlich, doch ungeachtet dessen zeigte er sich als ein kleiner Wirbelwind. Manchmal flogen seine Spielzeugautos durch das Zimmer, weil er plötzlich der große Zauberer geworden war, der den Autos das Fliegen beibringen wollte.

Kurz vor zwölf Uhr hielt das Auto von Knut vor der Garage des Einfamilienhauses. Da er nach dem Essen sofort wieder in die Firma wollte, ließ er es vor dem Garagentor stehen und betrat das Haus.

Die Sonne meinte es gut und die Luft empfanden alle als angenehm warm. Deswegen konnten sie auf der Terrasse hinter ihrem Gebäude das Mittagessen einnehmen. Neben dem ansehnlichen Vorgarten hatte auf Annas Drängen Knut ihr dabei geholfen, auch hinter dem Haus einen kleinen Garten anzulegen. Sie kannte es von ihrer Mutter her, dass es sehr praktisch war, einiges Gemüse schnell griffbereit zu haben. Und dazu benötigte sie einen kleinen Gemüsegarten. Früher war bei jedem Gutshaus ein solcher Grünzeuggarten zu finden, oft in Verbindung mit einem Kräutergarten. Das aber wollte sie ihrem Knut nicht auch noch aufbürden, hier am Mittellandkanal eine „Kräuterplantage", wie er es nannte, anzulegen. Ihr Grundstück hatte eine beachtliche Größe und dehnte sich bis fast zum Kanal aus. Somit wäre dafür genügend Platz vorhanden gewesen. Anna hatte zwei Apfelbäume und zwei Kirschbäume gepflanzt. Eingebettet zwischen diese Bäume hatte Knut eine gepflasterte Gartenterrasse angelegt. Hier nahmen sie, wenn es das Wetter ermöglichte, ihre Mittagsmahlzeit ein. Oft saßen sie an warmen Sommerabenden dort und die Erwachsenen gönnten sich ein Gläschen Wein und erzählten von den Erlebnissen des verflossenen Tages. Die Kinder tranken Apfel- oder Kirschsaft.

Jetzt aber wurde Mittag gegessen. Sobald sie den Hauptgang verspeist hatten, verabschiedete sich Knut rasch. Sowohl die Tochter als auch seine Frau fanden das höchst ungewohnt und so fragte sie ihn:

„Knut, was ist los, warum brichst du schon wieder auf? Ich habe noch einen leckeren Nachtisch zusammengestellt. Willst du denn heute Abend den Nachtisch oder hast du noch die drei Minuten übrig, bevor du losstürmst?"

„Na gut, ich bleibe, damit du deine Ruhe hast!" war seine barsche Antwort. Auch diese unwirsche Art, mit ihr zu sprechen, fand seine Frau recht eigenartig. Als er das Bananenkompott förmlich hineingeschlungen hatte, stand er auf und wollte losgehen. Da rief Jenny ihm zu:

„Und nun? Was ist das? Bekommt heute deine Tochter keinen Abschiedskuss?"

Knut gab ihr schnell einen Kuss auf die Wange, rief Anna zu:

„Dann bis heute Abend!" und verschwand. Mutter und Tochter sahen sich wortlos an. Anna schüttelte nur den Kopf und trug das Geschirr in die Küche. Jenny half ihr dabei.

Anna gefiel die Lage ihres Hauses nahe dem Mittellandkanal, denn sie liebte das Wasser, da sie in ihrem Geburtsort immer in Wassernähe gelebt hatte. Ihr Geburtshaus stand bei einem kleinen See. Wegen der geringen Entfernung zum Wasser hatte man sogar in der Art, wie es in Hamburg in der Speicherstadt praktiziert worden war, Eichenpfähle im Uferbereich in den Grund des Sees getrieben, um dem Einfamilienhaus einen sicheren Stand zu geben.

Ihr Vater war sein Leben lang Soldat und in den letzten Jahren seines Dienstes Oberleutnant gewesen. Dieser disziplinierte Mann kannte keine Hindernisse. Sobald sich etwas ihm in den Weg stellte, ging er wie ein Panzer darüber und machte alles platt. Mit dieser Durchsetzungskraft blieb er auch im privaten Bereich erfolgreich.

Als ausgemusterter Soldat wollte der dennoch eine Beschäftigung haben und übernahm von einem älteren Ehepaar einen Gartenbaubetrieb.

Während sich Anna der Hausarbeit zuwandte, erledigte Jenny ihre Hausaufgaben, was sie immer sofort und schnell tat. Danach nahm sie sich ihr Fahrrad und fuhr in den Nachbarort. Dort hatten einige Eltern eine ausgediente Turnhalle etwas hergerichtet, damit die Sportgruppe ihre 'Ästhetische Gymnastik' trainieren konnte.

Dieser Turnsport wird international *Aesthetic Group Gymnastics* genannt und wurde lange Zeit nur von Frauen ausgeübt. Erst in jüngster Vergangenheit fanden sich auch männliche Interessenten dafür.

Jennys Vater war froh, dass sich seine Tochter so eine spezielle Sportart ausgesucht hatte und wollte die Gruppe unterstützen. Damit sie auch mit Musik üben konnten, hatte er eine kleine akustische Anlage aufgestellt.

Dass dieses Gebäude ‚ausgedient' hatte, konnte man schon aus einem gewissen Abstand vermuten. An einigen Stellen fehlte großflächig der Putz und fehlende Glasscheiben in vier Fenstern hatte man provisorisch durch Presspappe ersetzt. Im Inneren war der große Übungssaal mit einem Parkett-Imitat verlegt, das an einigen defekten Stellen ein fortgeschrittenes Alter nicht verbergen konnte. Aber auch hier hatten Eltern etwas tiefer in den eigenen Geldbeutel gegriffen und von Herrn Mulch diese Schäden beseitigen lassen.

Aber erfreulicherweise konnten die in der Halle noch vorhandenen vier Umkleideräume benutzt werden. Eine im Nachbarort ansässige Zimmerei wurde durch hartnäckiges Bitten dazu gebracht, in der Turnhalle ein kleines Podest zu errichten, sodass auch Theateraufführungen und andere Vorführungen gezeigt werden konnten.

Aber zurück zum Haus Petersen. Jeden Tag, so auch heute, hielt vor dem Eingang der Kleinbus des Medizinischen Dienstes und die nette Helferin führte Mike zur Tür herein. Mike wurde von seiner Mutter und seiner Schwester freudig begrüßt und umarmt.

Gegen sieben Uhr hatten sich alle wieder zu Hause eingefunden und aßen auf ihrer Terrasse das Abendbrot. Aber Anna und Jenny fühlten, dass es heute etwas anders war als sonst. Es lag ein leichtes Knistern in der Luft. Auch jetzt hielt es Knut nicht lange am Tisch aus und verschwand im Haus und ging in sein kleines Arbeitszimmer.

Dieser Raum lag hinter dem großen Schlafzimmer und war spärlich eingerichtet: Ein Schreibtisch mit einem Laptop, davor ein Bürostuhl und dahinter befand sich ein Bücherregal.

Dass Knut einfach so urplötzlich in sein Büro verschwand, gefiel Anna gar nicht. So konnte er mit ihr nicht umgehen. Sie war es von ihrer Arbeit als Versicherungskauffrau gewöhnt, alles klar auszusprechen, was zu Nachfragen oder Problemen führen könnte. Sie ging in sein Büro und stellte unverblümt die Frage:

„Knut, was ist mit dir los? Wenn du Probleme hast, dann sprich mit mir!"

Er aber blieb stumm, stierte auf sein aufgeklapptes Laptop und blickte sie nicht einmal an. Da wurde Anna lauter:

„Knut hörst du schlecht und dreh dich gefälligst um, wenn ich mit dir spreche!"

Dabei fasste sie den Bürostuhl an der Lehne an und drehte ihn samt Knut um 180 Grad, sodass er sie nun ansehen musste und fuhr fort:

„Ich bin nicht deine Angestellte, ich bin deine Ehefrau! Also schau mich an!"

Dabei griff sie an seine rechte Schulter und zog an ihm, sodass sich sogar sein Stuhl neigte. Da sagte er mit leiser Stimme:

„Ich kann es dir nicht sagen, es geht nicht! Ich habe ein Problem und auch du wirst bald ein Problem bekommen. Aber noch kann ich nicht darüber sprechen! – Bitte lass mir ein paar Tage Zeit! Es geht um uns alle! Aber diese Suppe muss ich allein auslöffeln! Bitte sei lieb und frage mich nicht weiter, es wird alles gut!"

Anna wunderte sich, dass sie auf diese Art von einem Geheimnis von Knut erfahren hatte.

Am nächsten Morgen saßen bereits Jenny und ihre Mutter am Frühstückstisch, als Knut hinzukam. „Moin!", war alles was er herausbrachte. Aber die beiden Frauen hörten aufmerksam zu, was im Radio gesprochen wurde, weil gleich der Wetterbericht kommen würde, der sie sehr interessierte. Das missfiel aber Knut der barsch forderte:

„Macht doch endlich dieses dämliche Radio aus. Die reden eh nur von Flüchtlingen und Konjunk- turflaute. Ich kann das nicht mehr hören. Wir wissen allein, dass es uns dreckig geht."

Er stand auf, ging zum Radio und schaltete es aus. Die beiden Frauen schauten sich verdutzt an, schüttelten die Köpfe, als wollten sie andeuten, wie unmöglich sein Benehmen war. Mike saß still daneben und hörte nur zu. Nachdem Knut schnell seine Schnitte heruntergewürgt hatte, nahm er einen Schluck Kaffee, griff nach seiner Aktentasche und mit einem kurzen 'Guten Tag' verschwand er durch die Tür. Die Frage nach einem Abschiedskuss konnte sich Jenny verkneifen, denn die Antwort hätte ihr den Tag verdorben.

Aber da fiel ihr noch etwas Schönes ein, was sie ihrer Mutter unbedingt mitteilen wollte:

„Mama, wir haben für unsere Gymnastikgruppe drei Katzen- und drei Hundeköpfe aus dem Kostümverleih bekommen. Die kann man sich aufsetzen und dann sehr ausdrucksvolle Gesten der Liebe und Vertrautheit im Theaterspiel darstellen. Unsere gymnastischen Übungen folgen einer bestimmten Choreografie, sodass die Aufführung wie im Theater oder Ballett erfolgt. Die Köpfe sind wirklich süß, die müsst ihr unbedingt sehen. Die sind auch etwas für dich, Mike. Ich frage heute nach der Probe, ob ich zwei Köpfe für eine Nacht mit nach Hause nehmen darf, damit ihr sie sehen könnt."

Bei dieser überschwänglichen Schilderung hätte Jenny beinahe den Schulbus verpasst. Sie gab ihrer Mutter einen Kuss auf die Wange und auch Mike bekam einen Schmatz. Jetzt riss Jenny die Schultasche vom Stuhl und rannte zur Tür hinaus.

Im selben Moment hielt auch der Kleinbus vom 'Medizinischen Dienst Magdeburg'. Anna kannte den Fahrer des Kleinbusses und seine Pünktlichkeit, sodass sie schon mit dem kleinen Mike an der Tür stand und wartete. Die freundliche Helferin stieg aus, ging auf Mike zu und begrüßte ihn und seine Mutter. Sie nahm Mike gleich auf den Arm und setzte ihn behutsam in den Bus.

Diese Helferin verdiente ihre Anerkennung. Nach ausgezeichnetem Abschluss des Gymnasiums ging sie als Entwicklungshelferin nach Kenia, um dort die schulische Bildung zu unterstützen. Ihre Eltern würdigten den mutigen Entschluss ihrer Tochter und halfen ihr finanziell, wo sie nur konnten. Doch nach über einem Jahr musste Ilona, so war ihr Name, die Entwicklungsarbeit in Kenia abrupt abbrechen. Sie wurde von der Polizei des Heimatortes ihrer Eltern gebeten, unverzüglich zurückzukommen. Beide Elternteile hatten einen schweren Verkehrsunfall nicht überlebt. Nun waren diverse Fragen zu beantworten und Entscheidungen zu treffen. Da Ilona die einzige Verwandte war, gab es keine Alternative zur Rückkehr. Plötzlich war aus dem zielstrebigen und hilfsbereiten Mädchen eine junge Frau geworden, die sich neuen Herausforderungen und Verpflichtungen gegenübersah. Nachdem sie alles Erforderliche und ebenso die Bestattung ihrer geliebten Eltern geregelt hatte, war auch der Kontostand sehr niedrig. Sie war daher gezwungen, sich eine Arbeit zu suchen. Sie stieß auf den Medizinischen Dienst und das in dessen Verantwortung befindliche Heim für Behinderte. Es entsprach ganz ihren Vorstellungen, zumal sie sich bereits in Kenia um hilfsbedürftige junge Menschen gekümmert hatte. So konnte die freundliche junge Frau wieder eine neue Aufgabe übernehmen, die ihren Wünschen gerecht wurde.

Die Mutter schmunzelte, als Mike ihr beim Wegfahren noch einmal zuwinkte und das machte sie glücklich.

Ein Problem kommt.

Das Verhalten ihres Mannes ließ Anna keine Ruhe und gab ihr Rätsel auf. Die einstige Vertrautheit war zu reiner Sachlichkeit geworden, ohne Empathie und ohne die gewünschte Zärtlichkeit. Zwischendurch kamen in ihr Zweifel auf, ob sich doch eine andere Frau zwischen sie beide gedrängt hätte und Knut keinen Ausweg fand. War es die nette, etwas unbedarft wirkende Frau Krause, die schon seit der Firmengründung ihn als seine Sekretärin unterstützte? Aber das wollte sie nicht wahrhaben und verdrängte diese Gedanken. Vielleicht ist es doch eine materielle Frage, die sein deprimiertes Verhalten begründete. Schließlich entstanden seinem Start-up–Unternehmen beachtliche Kosten in der Anfangszeit und vor allem in dem Aufbau einer Kleinserienfertigung. Dieses Problem konnte sie als Fachfrau für Versicherungen sehr gut verstehen. „Ja, so wird es sein", bestätigte sie sich selbst.

Da Anna aber immer ein sehr gutes Verhältnis zu ihrem Vater hatte, lag der Gedanke nahe, ihn um seine Meinung zu bitten.

Sofort suchte sie seine Telefonnummer in ihrem Adressbuch heraus. Obwohl Anna als moderne Frau selbstverständlich ein Smartphone besaß und alle Kontaktdaten darin abgespeichert hatte, liebte sie immer noch ihr herkömmliches Telefonbüchlein. Sie rief ihn an und schon antwortete der Geschäftsmann:

„Ja, hier ist Günter Garbe, Gartenbau, was kann ich für Sie tun?" Da antwortete sie: „Hallo Papa, ich bin es, deine Anna. Hast du denn ein bisschen Zeit, mit mir zu reden oder störe ich?"

Da kam gleich die Antwort mit netter, verbindlicher Stimme:

„Nein Anna, du störst ganz und gar nicht, Mama ist zum Friseur gefahren und ich habe genug Zeit für dich, wenn du schon einmal anrufst. Hier in Benzow ist nicht viel los. Wir haben nur noch rund 600 Einwohner im Ort. Aber nun erzählst du!"

Anna lehnte sich in ihrem Korbsessel zurück, von denen zwei neben einem kleinen, runden Tisch mit Marmorplatte in der Veranda standen, direkt neben dem Telefon. Nun begann ein längeres Telefonat, dessen spätere Bedeutung noch nicht absehbar war:

„Lieber Papa, du weißt doch, dass Knut sich selbstständig gemacht und das kleine Unternehmen ‚COEx' gegründet hat. Weil ich zum Anfang auch nichts mit diesem Kürzel anfangen konnte, hatte mir Knut erklärt, dass er in Autos einen praktisch zweiten Katalysator einbauen will, der den Kohlenstoff aus den Auspuffgasen aufnimmt. Er hat sich das Verfahren patentieren lassen und sogar alle Maschinen gekauft, die für eine Serienfertigung erforderlich sind. Dass diese

Anschaffungen sehr viel Geld kosten, brauche ich dir nicht zu sagen."

Da unterbrach ihr Vater das Gespräch:
„Aber hat er denn Absatzchancen in der Automobilindustrie, wo doch alle großen Firmen auf Elektromobilität umstellen?"

„Das weiß ich nicht, aber es kann gut so sein, wie du vermutest. Ich merke nur, dass Knut seit einiger Zeit ganz anders ist, wie ich ihn früher nicht gekannt habe. Er lässt nicht mit sich reden, vermeidet es sogar, konkret gestellte Fragen zu beantworten. Vielleicht steckt er doch in finanziellen Nöten und sein Stolz verbietet es ihm, das zuzugeben!"

Nun wollte ihr Vater als Leiter einer Gartenbaufirma und daher auch Geschäftsmann dieses Gespräch in eine konkrete Bahn lenken:
„Meine liebe Anna, hör zu. Ich habe ein bisschen Geld bei Seite gelegt, das für Jenny sein soll, wenn sie heiratet. Diese Geldkassette ist gut gefüllt mit 30.000 Euro. Ich komme heute Nachmittag kurz zu dir und bringe die Kassette mit. Sollte Knut Probleme dieser Art haben, könnte ein solcher Betrag hilfreich sein. Ich mache jetzt Schluss, damit ich schnell bei dir und auch schnell wieder zurück bei Friedhild bin. Dann wird sie mich bestimmt schon frisch aufgestylt erwarten."

Anna konnte nur noch kurz antworten:

„Papa, du bist wie immer der Größte und der Retter in der Not. Ich freue mich auf dich!"

Schnell ging Anna in die Küche, um zu überlegen, was sie für Jenny und sich zubereiten sollte. In einer WhatsApp hatte Knut kurz mitgeteilt:

„Komme zum Essen nicht nach Hause, bin beschäftigt!"

Auch Mike wurde erst gegen Abend zurückgebracht. Als Jenny von der Schule kam, berichtete ihre Mutter von dem Telefonat mit Opa und dass dieser heute kommen würde. Jenny sagte nur:

„Oh, sonn Schiet aber auch, ich muss heute schon ganz früh zum Proben. Wir bereiten ein schönes Ästhetikprogramm vor, dass wir in zwei Wochen aufführen wollen, wenn unser Dorfevent stattfindet. Da kann ich heute nicht fehlen, grüße aber Opa ganz lieb von mir."

Als sie das ihrer Mutter beibrachte, hatte diese bereits das Essen aufgetragen. Anschließend verabschiedete sich Jenny und verließ das Haus. Sie nahm ihr Fahrrad aus dem Ständer, der rechts neben der Garageneinfahrt aufgestellt war. Jenny hätte das Fahrrad auch immer in die Garage stellen können, doch das ewige Öffnen und Schließen des Garagentores fand sie 'ätzend'.

So fuhr sie nun zu ihren ästhetischen Gymnastikübungen.

Kurz nach 13 Uhr klingelte es und Papa aus Benzow war mit seinem schwarzen 'VW Passat' angereist. Anna ließ ihn herein, der schon die wertvolle Geldkassette fest in der Hand hielt. Sie erzählten noch ein wenig über Knut und auch über Jenny und dass sie ihr Muttermal nicht mehr stört. Nun kam Opa zur Sache:

„Hier ist die Geldkassette mit genau 30.000 Euro. Bewahre sie an einem sicheren Ort auf. Erzähle es auf keinen Fall Knut und auch Jenny braucht es nicht zu wissen. Das Geld soll nur für den äußersten Notfall sein"

„Kann ich mich auf dich verlassen?"

Die Antwort kam schnell:

„Gewiss doch Papa. Ich werde sie in der Abseite in Jennys Zimmer verstecken, denn dort ist eine kleine Öffnung, durch die man notfalls in die Abseite gelangen kann. Die ist durch eine Klappe verschlossen, darüber ist auch Tapete geklebt und davor steht Jennys kleine Kommode."

Das schien ihrem Vater sicher und so konnte er sich schnell wieder auf den Heimweg machen, damit seine Ehefrau bloß nicht lange warten musste, denn das konnte sie überhaupt nicht verknusen.

Ihr Vater kannte alle Schleichwege nach Benzow, um Staus zu umgehen. So war es auch nicht verwunderlich, dass schon bald bei Anna das Telefon klingelte und er sich meldete, pünktlich und heil zu Hause angekommen zu sein.

„Erzähle, hast du alles erledigt?"

Jetzt konnte Anna ihm alles haarklein erzählen, wie es alte Menschen gern mögen:

„Ich habe die Kommode bei Seite geschoben und mit einem Teppichmesser die Tapete nur soweit aufgeschlitzt, dass ich die Klappe öffnen konnte. Dann habe ich die Kassette in die Abseite gestellt und sie ganz nach hinten geschoben. Man sieht sie nur, wenn man mit einer Taschenlampe hineinleuchtet."

„Das hast du gut gemacht, habe es aber auch nicht anders erwartet."

Am späten Nachmittag kam Jenny von der Probe und sie ging sofort in ihr Zimmer, denn es waren noch Schulaufgaben zu erledigen.

Um sieben Uhr saßen alle zusammen auf der Gartenterrasse am Tisch, aßen und schwiegen. Schnell stand Knut auf und wollte verschwinden, da fragte Anna:

„Gehst du schon zu Bett?"

„Ich bin müde, gute Nacht!" war seine Erwiderung.

Die beiden ließen sich von dem Verhalten von Knut nicht beeindrucken und Jenny holte die zwei Tierköpfe, die sie von der Probe mitgebracht hatte. Nun spielten sie beide wie die Kinder mit Katzen-

und Hundekopf, in dem sie die Tierköpfe austauschten und einen Heidenspaß mit diesem verrückten Puppenspiel hatten. Mike beobachtete den Spaß mit Freude und lachte herzlich über die 'Tiere'!

Am nächsten Morgen verkündete Knut in die kühle Atmosphäre hinein:

„Ich komme heute Abend nicht zum Abendbrot, es liegt ein Geschäftsessen an, damit ihr Bescheid wisst!"

Als Knut und Jenny gegangen waren und auch Mike wieder im Kleinbus davonfuhr, wurde es ganz still im Haus. Anna überlegte wieder, was mit Knut nur sei. Unentwegt stellte sie sich die seltsamsten Fragen, ohne eine schlüssige Antwort zu finden.

Ein fraglicher Besuch

Wieder durchkreuzten wirre Gedanken Annas Kopf. Sie versuchte zwar, sachlich zu bleiben, doch es gelang ihr nicht.

Mitten in diese bedeutungsvollen wortlosen Selbstgespräche schrillte ihre Haustürklingel. Sie ging hin und öffnete:

„Guten Morgen Herr Mulch, ach entschuldige bitte, wir duzten uns doch schon lange als alte Nachbarn'?

„Ach Anna, du bist noch immer die ganz gewissenhafte Frau und wir sind einfach nur Nachbarn."

Anna unterbrach ihn kurz:

„Nun komm erst mal rein. Magst du einen Kaffee? Ich trink noch einen mit, denn bei uns war heute Morgen 'regnerisches Wetter' am Frühstückstisch. Knut hat zurzeit Probleme und das nimmt ihn unendlich mit!"

Als sie es sich an dem kleinen Tisch in der Veranda bequem gemacht hatten, fing Hans-Peter an, seine Geschichte über seinen neuen Job zu erzählen:

„Wie du weißt, bin ich ja seit letztem Jahr auch Rentner. Aber die Umstellung fällt mir schwer. Nicht dass mir die Arbeit fehlen würde, es fehlt eher das Einkommen, das doch beachtlich größer ausgefallen war, als es die Rente nun ist. So fand ich eine Gelegenheit, mir in einem Nebenjob etwas dazuzuverdienen. Ich arbeite für eine Firma, die Bodenbeläge pflegt."

Anna hatte aufmerksam zugehört und wollte es bestätigt finden.

„Du besuchst also Familien und fragst, ob ihre Teppiche gereinigt werden oder die Fußleisten wieder auf ‚neu' gemacht werden sollen. Ist das dein neuer Job?"

Hans-Peter konnte es nur bestätigen und ergänzte:
„Ja, so ist es. Aber ich fange gerade erst an damit und deshalb bin ich bei dir, ob ich meinen Anfangstest bei dir machen kann. Es ist nur ein Test, der dich zu nichts verpflichtet und der auch nichts kostet."

Anna erlaubte diesen Test mit den Worten:
„Dann mach alles, was nötig ist, und schreib deine Listen. Du kennst dich im Haus aus und vergiss auch Jennys Zimmer nicht!"

„Nein, das ist besonders wichtig. In den meisten Zimmern im Dachgeschoss liegt ein Teppich oder ein Teppichboden wegen der besseren Trittschall-dämmung!"

war seine Erklärung. Da klingelte schon wieder ihr Telefon:
„Guten Morgen Anna, hier ist Klara."

Schnell antwortete Anna:

„Du willst bestimmt deinen Mann sprechen, der ist bei mir."

„Nein, das weiß ich schon, dass er bei dir ist wegen der Teppiche und der Reinheit. Nein, ich wollte ein wenig mit dir erzählen"

klang es aus dem Telefon. Anna, die zwar auch von einem Pläuschchen nicht abgeneigt war, wunderte sich darüber, dass Klara gerade jetzt mit ihr sprechen wollte, während Hans-Peter durch das Haus ging und der Zustand der Bodenbeläge inspizierte. Es erschien ihr etwas komisch, als wollte Klara, dass sie durch das Gespräch an das Telefon 'gefesselt' werden sollte. Aber schnell verwarf sie den Gedanken und war über sich entrüstet, so etwas von alten Nachbarn zu vermuten. Da kam Hans-Peter wieder zurück in die Veranda und berichtete:

„Ich habe mir alles genau angesehen und aufgeschrieben. In Jennys Zimmer muss die Teppichrandleiste erneuert werden, hinter der kleinen Kommode ist sie etwas beschädigt. Du bekommst gewiss von meiner Firma ein Angebot und dann sprechen wird darüber, ob du etwas machen lassen willst oder nicht."

Hans-Peter ging und Anna sagte zu Klara am Telefon:

„Na dann bis bald!"

Nun wartete Anna an ihrem letzten freien Tag auf den Rest ihrer Familie. Immer wieder gingen ihr die verschiedensten Gedanken durch den Kopf, wobei mit dem ominösen Besuch von Hans-Peter noch einige Fragezeichen dazu gekommen waren.

Zu Mittag saßen sie gemeinsam am Tisch und aßen wortlos alles auf, was Anna zubereitet hatte. Die Mittagsrunde löste sich auf. Der Tag verlief wie einer der letzten mit einer fragwürdigen Ruhe.

Es lag schon wieder diese quälende Spannung in der Luft. Dazu kam, dass sich die Wolken zusammenzogen und ein Regenguss nieder- prasselte. Anna tat etwas für sie sehr Unge- wöhnliches: Sie legte sich auf die Couch, deckte sich mit einer Decke zu und zog sie soweit hoch, dass nur noch Nase und Augen freiblieben. Es mutete an, als wollte sie sich von der übrigen Welt isolieren, einfach nicht mehr dazugehören. An einem anderen Ort in einem Nirwana die Ruhe finden, Gelassenheit spüren und alle Uhren langsamer gehen lassen.

„Aber wie sollte das gehen? Und Jenny, die Süße mit dem Muttermal? Und wer kümmert sich um Mike, solange er noch lebt? Und wo bleibt Knut? Was sind seine Probleme?

Plagen ihn vielleicht finanzielle Sorgen? Oder hat er sich mit dubiosen Betrügern eingelassen, die ihm Geld versprachen mit überhöhten Zinsen? Sind etwa bei Knut auch Russen im Spiel, die Forderungen an ihn stellen, die er nicht erfüllen kann?

Ich bekam Drohanrufe von Russen, die ich noch nie gesehen habe? Wir alle haben eine Schlinge um den Hals, die sich immer enger zieht.

Mit jedem Tag wuchs meine Sorge um unser Leben. Wir wurden von einem Sog erfasst, der uns immer tiefer zog in eine Hölle voller Unsicherheit und quälender Angst.

Unaufhörlich die zermürbenden Fragen, für die es keine Antwort zu geben schien. Waren wir denn hier überhaupt noch sicher? Nein, wir waren es nicht!

Ich sah keinen Ausweg mehr, diesem Desaster zu entkommen."

Das war das Leben der Familie Petersen bis zum heutigen Tag.

TAG 1

Klara Mulch, die Nachbarin von gegenüber, schaute aus dem Fenster. Um diese Zeit ging Jenny immer zum Bus und Anna brachte den Müll heraus. Aber heute kamen sie nicht. Klara wollte Hans-Peter animieren, er sollte doch einmal bei Petersens auf die Terrasse gehen, um dort vielleicht etwas zu entdecken. Doch er weigerte sich mit den Worten:

„Gestern war wieder Skatabend und da wurde es spät, jetzt bin ich müde!"

Gleich hakte Klara ein:

„Das müssen bestimmt ganz interessante Skat-spiele gewesen sein, denn ich habe schon geschlafen, als du zurückgekommen bist."

Vor dem Anwesen Nummer 17 blieb es ruhig. Für Klara wurde dieses stille Haus urplötzlich interessant. Ihr war auch nicht entgangen, dass noch immer der Golf von Knut vor der Tür stand. Ist er heute nicht zu seiner Firma gefahren?

Klara blickte von nun an nur noch zu dem Haus der Petersens, von denen aber keiner zu sehen war. Am Vormittag passierte nichts weiter. Es blieb still. Als Klara am Nachmittag ihren Kaffee trank, hatte sie ihren Stuhl näher an das Fenster gerückt, um auf keinen Fall etwas zu verpassen. Das war auch gut so. Denn da kam ein etwa 16 Jahre altes Mädchen, das sie zuvor noch nie gesehen hatte und trat vor die Haustür der Nummer 17. Es drückte auf den Klingelknopf und wartete. Weil niemand öffnete, klingelte das Mädchen ein zweites Mal und blieb ruhig stehen. Klara im Haus gegenüber hielt ihre Kaffeetasse fest umklammert in der Hand und wurde schon etwas unruhig.

Da packte es sie, denn die Ruhe dieses Mädchens, das vor der verschlossenen Tür stand und nichts unternahm, empfand sie als unerhört. Sie vergaß ihren Kaffee, weil die Nr. 17 anfing, interessant zu werden. Klara ging hinüber, trat an das Mädchen heran und fragte neugierig nach:

„Da ist wohl niemand zu Hause. Und wer bist du überhaupt, ich habe dich noch nie hier gesehen?"

Daraufhin erwiderte das Mädchen:

„Ich bin Ella, Jennys Freundin. Wir sind beide in der Ästhetik-Gymnastikgruppe!"

Das war für Klara etwas gänzlich Neues und so erkundigte sie sich:

„Was ist das für eine ‚Äste–Gymnastik oder wie das heißt?"

Ella zog ihre Augenbrauen hoch und erklärte es Klara:

„Wir machen sportliche Übungen, die besonders schön aussehen und es ist dann wie eine kleine Theateraufführung. Jenny ist auch in der Gruppe, nur heute haben wir sie vermisst. Unsere Leiterin hat mich gebeten, nachzusehen, ob sie vielleicht krank ist."

Als Klara den tieferen Inhalt der Gymnastik begriffen hatte, fühlte sie sich in die Suche nach Jenny einbezogen. Sie nahm Ella an die Hand und zog sie hinter das Haus auf die Terrasse. Nun gab Klara Order:

„Du hast doch bestimmt so ein Smartphone, da ruf sie doch einfach an. Vielleicht wissen wir dann mehr!"

Ella ließ das Handy lange klingeln, dann hörte sie, dass aus dem Haus genau der Klingelton kam, den sie Jenny auf ihr Smartphone gespielt hatte. Aber auch nach einer Weile tat sich nichts und der nächste Anruf blieb ebenfalls erfolglos. Klara wuchs mit ihrer Aufgabe als selbst ernannte Ermittlerin und sagte dem Mädchen:

„Du schreibst mir deine Nummer auf und wenn ich heute noch jemand von den Petersens sehe, rufe ich dich an!"

Ella fand das ‚cool', griff nach Klaras Hand, schob den Ärmel ihrer Bluse hoch und schrieb mit ihrem Kugelschreiber ihre Handy-Nummer auf ihren Unterarm. Und bevor sich Klara versah, gehörte sie zur ‚Young Generation' mit der unverlierbaren Telefonnummer auf dem Unterarm. Ella verschwand und Klara kehrte zu ihrem kalten Kaffee zurück. Als Hans-Peter von den Teppich-Fritzen nach Hause kam, offenbarte Klara ihm ihr neues Telefonbuch. Er sah sich das an und meinte folgerichtig:

„Wenn du die Nummern von all deinen Klatschtanten so notieren willst, dann sind deine Beine auch bald voll!"

Klara wartete noch bis gegen 22:30 Uhr vor dem Fenster auf ein ungewöhnliches Ereignis vor Haus 17 und verzichtete sogar auf die abendliche Fernsehunterhaltung.

Aber vor dem Haus blieb es weiter still. Hans-Peter Mulch kannte seine Klara gut genug, um zu wissen:

„Heute Nacht benötigst du bestimmt drei Schlaftabletten und die Baldriantropfen, sonst liegst du morgen früh noch wach."

TAG 2:

Als am nächsten Morgen noch niemand im gegenüberliegenden Haus zu sehen war, griff Klara zum
Telefonhörer und wählte die 110! Sie berichtete alles,
was zum Haus 17 zu sagen war. Der diensthabende
Polizist versprach ihr unverzüglich hinzukommen
und bat sie, vor dem Haus zu warten.

Kurz nach dem Telefonat erschienen die
Kommissare Fred Luchs und Altmann. Sie wiesen
sich gegenüber Klara mit ihrem Dienstausweis als
Polizisten aus. Damit fühlte sich Klara so, als sei sie
nunmehr mit in die polizeiliche Ermittlungsarbeit
einbezogen. Die beiden Kommissare betraten das
Einfamilienhaus, nachdem Altmann mit einem
speziellen Öffnungswerkzeug das Türschloss ent-
riegelt hatte. Klara durfte mit eintreten, nachdem
sie glaubhaft versichert hatte, dass sie eine alte
Freundin der Vermissten sei und die Familie öfter
besuchte. Deshalb besaß sie auch einen groben
Überblick über die Einrichtungsgegenstände.

Die beiden Kommissare gingen zunächst flüchtig
durch alle Zimmer und die Garage, konnten aber
weder eine verletzte noch leblose Person ausfindig
machen. Das Frühstücksgeschirr stand auf einer
Abstellfläche neben der Spüle. Die vorhandene
Geschirrspülmaschine war leer. Das deuteten die
Kommissare als ein Zeichen, dass man beim
Verlassen des Hauses in Zeitnot gewesen sein

musste. Oberkommissar Luchs wandte sich an Frau Mulch und erklärte, dass er die Kollegen von der Abteilung Kriminaltechnik verständigen werde, die dann eine gründliche Bestandsaufnahme einschließlich Fingerabdrücke und möglicher Blutspuren vornehmen werden.

Damit verabschiedeten sich die beiden Kommissare und versiegelten die Haustür. Den Haustürschlüssel bekam Klara aber nicht ausgehändigt. Vielmehr erklärte man ihr, dass kein Unbefugter das Haus betreten dürfe, da es nun ein Tatort sei.

Das zuständige Polizeirevier Staaken hatte seinerzeit nach der Grenzöffnung der Polizeikommissar Luchs auf Anweisung der übergeordneten Dienststelle eingerichtet.

Als Gebäude bot sich die vorherige Schule an, da inzwischen das Bildungsministerium eine neue Struktur für diesen Bereich vorgesehen hatte. Das alte Schulgebäude konnte entweder abgerissen oder einer neuen Verwendung zugeführt werden. Um das Haus nun als Polizeigebäude zu erkennen, reichte es nicht aus, einen Lichtkasten mit dem Schriftzug 'POLIZEI' anzuschrauben. Das gesamte Haus wurde aufwendig umgebaut. Der ehemalige Keller der Grundschule wurde als Verwahrungsraum für vorübergehend Festgenommene hergerichtet. So wurde allmählich aus der Schule eine Polizeidienststelle. Während der Dach- und

Putzarbeiten war ein anderes Unternehmen damit beschäftigt, auf dem ehemaligen Schulhof einen Parkplatz anzulegen.

Eine Firma für Kommunikationstechnik hatte die Aufgabe bekommen, alles in dieser neuen Dienststelle einzurichten, was mit Telefon und Computer zusammenhing. Weil sich alle Unternehmen lukrative Aufträge gesichert hatten, ging die Arbeit flott voran und konnte schnell abgeschlossen werden.

Kommissar Luchs wurde zum Leiter der neuen Dienststelle Staaken ernannt und zum Polizeioberkommissar befördert. Bevor sich der Servicetechniker, der die Kommunikationsgeräte installiert hatte, verabschiedete, ging er noch einmal zu Kommissar Luchs und erklärte ihm eine Besonderheit:

„Herr Luchs, Sie haben hier ein zweites, ein rotes Telefon, mit dem Sie als einziger über die Rufnummer ‚123' den Wachturm telefonisch erreichen können. Umgekehrt kann auch vom Turm aus nur diese Nummer angerufen werden, weil der Telefonverkehr über eine separate Leitung erfolgt. Das war bei der Nationalen Volksarmee zu DDR-Zeiten so und das haben wir übernommen, weil es schon vorhanden war. – Wenn ein Anruf auf dem ‚roten Telefon' eingeht, ertönt ein tiefer Rufton, der von kurzen Pausen unterbrochen wird. Damit wissen Sie sofort, dass es sich um einen Notruf vom Turm handelt."

Kommissar Luchs erwiderte kurz:

„Danke für die Information, aber der Turm, der früher der Grenzkontrolle diente, ist nur zu bestimmten Zeiten von einem Mitarbeiter der Forstwirtschaft besetzt, wenn eine erhöhte Waldbrandgefahr besteht. In einem Notfall leiten wir die Meldung weiter an die Feuerwehr."

Der Dienststellenleiter Fred Luchs konnte nun seine Mitarbeiter begrüßen und wünschte allen und mit ihm eine gute Zusammenarbeit. Er bat seine Kollegen zu einer kurzen Sitzung in den Besprechungsraum und begann:

„Wie bereits einigen von euch bekannt ist, liegt ein neuer Kriminalfall vor, der uns vor eine Herausforderung stellt. Um effektiv ermitteln zu können, bilde ich die 'SOKO Petersen', der neben mir noch folgende Kollegen angehören werden:

Klaus Altmann

Jürgen Klein

Jörg Böhme

Oliver Kutzner

Sigi Groß

Weil bei diesem Fall gleich vier Personen vermisst wurden, gab man dem Ereignis eine besondere Bedeutung.

Bevor Fred Luchs eine Verteilung der Aufgaben innerhalb der SOKO vornahm, bestellte er die KTU.

Im Haus Nummer 17 trafen am Nachmittag vier Beamte der Abteilung für kriminaltechnische Untersuchung Magdeburg ein, die eine äußerst gründliche und umfassende Bestandsaufnahme vorzunehmen hatten.

Vor Beginn ihrer Arbeit schlüpften erst einmal alle in ihre weißen Schutzanzüge und brachten die nötigen technischen Hilfsmittel in kleinen Aluminiumkoffern verpackt in das zu untersuchende Objekt, das heißt in diesem Falle in das Haus Nummer 17. Am Umfang der Utensilien und der Anzahl der angereisten Mitarbeiter konnte man sehen, dass ein größerer Einsatz bevorstand. Einer der Beamten war darauf spezialisiert, Fingerabdrücke zu finden und diese abzuspeichern. Dazu benutzte er eine erstmalige Methode, wobei mithilfe eines speziellen Scanners die markierten Abdrücke eingescannt und gespeichert wurden. Dieser neuartige Scanner war zusätzlich mit einem Fotoapparat und einem GPS-Finder ausgestattet. Mit der Kamera wurde eine Übersichtsaufnahme gemacht, damit jeder Fingerabdruck besser örtlich zuzuordnen war. Über das integrierte GPS-Modul konnten darüber hinaus schließlich die GPS-Koordinaten festgehalten werden. Das war nützlich, denn jetzt konnte man später noch wissen, wo der Abdruck aufgenommen worden war.

Dieser Polizist begann an allen Fenstern und Türen an bekannten Berührungsstellen eventuelle Fingerabdrücke zu finden und zu speichern. Nachdem er diese Punkte abgearbeitet hatte, suchte er im Wohnzimmer ebenso an markanten Stellen nach Fingerabdrücken. Er wollte damit feststellen, welche Personen sich im Haus aufgehalten hatten. Alle Schranktüren und Schubfächer wurden unter die Lupe genommen. Dann setzte er seine Arbeit in der Küche fort. Dort schaute er sich alle Griffe und Knöpfe an Küchengeräten an. Auch das Schlafzimmer ließ er nicht unkontrolliert. Besonders interessierte er sich für Spuren an den Nachttischschubladen. Im Dachgeschoss betrat er nur das Zimmer, das von der Tochter bewohnt wurde und nahm hier an bevorzugten Stellen die Fingerabdrücke ab. Seine nächsten Arbeitsfelder waren der Keller und die Garage. Hier waren etliche verschiedene Geräte und Werkzeuge aufbewahrt, sodass sich seine Arbeit in die Länge zog.

Die zwei anderen Polizisten waren damit beschäftigt, die Möbel und andere Einrichtungsgegenstände gründlich zu untersuchen und deren Inhalte zu sichten. Das taten sie in allen Zimmern, im Keller und auch in der Garage.

Dabei durchstöberten sie die Schränke mit dem Ziel, Rechnungen, Kontoauszüge und Versicherungspapiere zu finden. Diese Dinge könnten Hinweise auf die wirtschaftliche Situation der Familie geben. Besonders genau schaute man sich diverse Versicherungspolicen an, da man bei einer Fachfrau für Versicherungen vermuten konnte, dass sie eine besondere Versicherung abgeschlossen hatte mit speziellen Begünstigungsklauseln, die nicht allgemein bekannt waren.

Um zu erfahren, mit welchen Personen die Petersens Kontakte pflegten, suchten die Beamten nach Fotos und Fotoalben. Das Smartphone, das sie in Jennys Zimmer gefunden hatten, nahmen sie mit und checkten es gründlich nach Fotos und Whatsapp-Nachrichten.

Von großem Interesse waren bei allen Untersuchungen, die die Mitarbeiter der KTU vornahmen, eine Hausapotheke oder besondere Aufbewahrungsorte für Medikamente. Dazu schaute man genau auf die Schubladen der Nachtschränke, die neben dem Ehebett standen. Auch das Zimmer von Jenny im Dachgeschoss wurde kontrolliert, aber hier vermutete man keine Besonderheiten. Wichtiger schien ihnen der Keller und die Garage. Dort wurde gründlich nach Gegenständen gesucht, die als Tatwerkzeug geeignet gewesen sein könnten.

Der vierte Kollege war der 'Technikfreak'. Er notierte zuerst die Zählernummern und die Zähler-stände, das betraf sowohl den Strom- wie desgleichen den Wasserzähler. Dann prüfte er, ob im Gebäude eine Einbruchwarnanlage installiert war und er testete auch, ob sich im Hause funkgesteuerte Kameras befinden würden. Ferner suchte er nach

Handys und nach anderen Mobilfunkgeräten. Das Festnetztelefon und der Anrufbeantworter waren für ihn von besonderem Interesse. Hier musste er feststellen, dass alle eingegangenen Anrufe am Vortag gelöscht worden waren. Es war aber möglich, einige wieder herzustellen, wenn es nötig war. Aus diesem Grund wurde der AB mitgenommen, um in der Dienststelle der KTU die gelöschten Daten wieder abhören zu können. Das persönliche, noch handgeschriebene Telefonbuch wurde ebenso wie das Festnetztelefon in einen Beweismittelbeutel eingetütet und gesichert.

Als der Techniker diese speziellen Nachforschungen beendet hatte, unterstützte er seine beiden anderen Kollegen bei der Sichtung verschiedener Dokumente. Hauptschwerpunkte waren Kontoauszüge, Versicherungspolicen, Fotoalben und persönliche Notiz- und Adressbücher. Alle relevanten Dokumente wurden beschlagnahmt und mitgenommen.

Nachdem die Mitarbeiter der KTU geglaubt hatten, ihre Aufgabe gründlich erledigt zu haben, packten sie alles wieder ein und zogen ihre nicht mehr schneeweißen Anzügen aus.

In mehreren Stunden war somit genügend Material zusammengetragen worden, das nun im Landeskriminalamt aufbewahrt wurde und für die nächsten Tage und Wochen für reichlich Arbeit sorgte.

Aber auch die SOKO im Polizeirevier Staaken hatte genug Detailfragen zu klären. Fred Luchs wandte sich seinem Mitarbeiterstab zu und begann damit, die anliegenden Aufgaben zu verteilen.

Kommissar Jörg Böhme erhielt gemeinsam mit Kommissar Oliver Kutzner den Auftrag, das Umfeld des verschwundenen Geschäftsinhabers Knut Petersen gründlich zu beleuchten. Dazu fuhren sie in seine Firma COEx und trafen dort auf seine Sekretärin Krause. Beide Kommissare stellten sich vor, wiesen sich ordnungsgemäß aus und fragten nach Herrn Petersen:

„Herr Petersen ist noch nicht hier. Er ist eigentlich immer sehr pünktlich aber heute habe ich ihn noch nicht gesehen. Unser Techniker, Herr Wiesner, hatte mich auch schon gefragt, wo der Chef bleibt."

„Dann möchten wir Sie bitten, uns einige Fragen zu beantworten. Wieviel Mitarbeiter gehören zu dem Start-up?"

„Wir sind nur zu dritt. Der Chef, Jürgen Wiesner und ich. Mein Name ist Petra Krause."

„Wie lange arbeiten Sie schon für Herrn Petersen?"

„Ich war von Anfang an dabei, gleich als er das Start-up gegründet hatte."

„In welchem Verhältnis standen Sie zu Petersen?"

„Was für ein Verhältnis! Was soll die Frage?
Ich war seine Sekretärin, nicht mehr und nicht weniger!"

„Frau Krause, wie war die wirtschaftliche Situation dieses Unternehmens? Können Sie uns dazu etwas sagen und uns einige Unterlagen geben?"

Da begann Frau Krause etwas ausführlicher zu berichten:
„Die wirtschaftliche Situation war miserabel. Ich habe schon zwei Monate kein Gehalt bekommen, denn die neuen Maschinen kosteten viel Geld. Herr Petersen hatte bei der Bank sogar ein Darlehen dafür aufgenommen und sein Privathaus als Sicherheit eintragen lassen.
Trotzdem konnte ich die letzten Rechnungen nicht mehr begleichen. Kürzlich kamen sogar schon Männer, die lange schwarze Ledermäntel trugen und halb russisch, halb deutsch sprachen. Wahrscheinlich hatte er mit denen auch Geschäfte gemacht und die wollten nun ihr Geld zurück. Genau weiß ich das nicht. Es wurde aber ganz heftig geredet und mit Händen und Armen gefuchtelt!"

„Wusste seine Frau, dass das eigene Wohnhaus inzwischen der Bank gehörte?"
„Das weiß ich nicht, aber das war definitiv zuletzt noch viel schlimmer geworden. Da er die Zinsen

für das Darlehen nicht mehr zahlen konnte, stand schon der 30. Mai als Termin für eine Zwangsversteigerung fest. Als er das erfuhr, hatte er mir gestern versprochen, dass er das nun endlich seiner Frau sagen wollte. Er hatte mächtige Angst davor!

„Können Sie die beiden Männer näher beschreiben?"

„Nicht wirklich"
war zunächst die laxe Antwort der jungen Frau, doch sie wusste noch mehr:

„Beide hatten schwarze Haare, waren groß und der eine trug einen Backenbart und der andere einen schwarzen Vollbart. Dieser Mann rauchte eine fürchterlich stinkende Zigarre. Sie müssen wissen, diesen ekligen Tabakrauch kann ich überhaupt nicht ab, und wenn ..."

„Danke Frau Krause, wir wollten nur etwas von den Männern wissen, sie haben uns sehr geholfen. Nun würden wir uns gern mit Herrn Wiesner unterhalten. Rufen Sie ihn bitte."
Aus der Fertigungshalle kam ein junger Mann in das Büro. Er hatte schwarze Haare und trug einen Bart.

„Guten Tag Herr Wiesner, ich bin Kommissar Böhme und das ist mein Kollege Kutzner. Bitte erzählen Sie uns etwas über die technischen Aufgaben von diesem Start-up"

„Der Chef hat einen Katalysator für Fahrzeuge entwickelt, mit dem ein Teil des Kohlendioxyds aus den Auspuffgasen herausgefiltert wird. Das Besondere an unserem COEx besteht darin, dass das Filterpaket gewechselt werden kann, ohne dass man den Kat aus dem Fahrzeug ausbauen muss. Für die Herstellung dieser speziellen Kats benötigen wir eine teure Falzmaschine. Um die Beschaffung kümmere ich mich, aber wo dazu das Geld herkommt, das ist allein die Sache vom Chef. Ich habe aber nur ganz beiläufig erfahren, dass er von Russen dazu so etwas wie ein Darlehen bekommen sollte in Höhe von 100.000 Euro. Doch das reicht trotzdem noch nicht."

„Herr Wiesner, ich bin zwar keine Techniker aber habe dennoch dazu eine Frage. Wenn man das Filterpaket einfach auswechseln kann, ohne den ganzen Kat ausbauen zu müssen, dann kann man doch an Stelle des Filterpaketes auch schnell ein Paket Rauschgift einbauen. Beim Fahren merkt man nichts. Wie lange würde denn so ein Wechsel der Pakete dauern?"

„Mit einiger Übung ist das in 30 Sekunden erledigt, wenn man einen Schnellwagenheber benutzt. – Aber wie kommen Sie darauf, so etwas von unserem COEx zu vermuten?"

„Herr Wiesner, möglicherweise haben andere auch schon diese naheliegende Idee gehabt! Die

Absatzchancen wären damit im Drogenmilieu enorm hoch! Es wäre grenzüberschreitender Rauschgift-schmuggel auf hohem Niveau mit einem Startup – Produkt.

Herr Wiesner, können wir von Ihnen mehr erfahren über die Russen, von denen Frau Krause sprach. Hatte Sie Petersen in die Geschäftsabwicklung mit einbezogen?"

„Ja, Knut wollte, dass ich immer dabei war, weil er meinte, es sei gut, einen Zeugen zu haben.
Die beiden Russen, die Sie eben nannten, sind die Inhaber der ‚Bela Rus Investment S&T, Hamburg'.
Weil der chinesische Hersteller der großen Falzmaschine 90 % des Kaufpreises in Vorkasse bekommen wollte, brauchte Knut diese 100.000 Euro in bar. Das hatten ihm die Russen zugesagt und bereits vor einem halben Jahr bar übergeben. Sobald Knut sein Haus verkauft hätte, sollten sie den vollen Geldbetrag zurückerhalten, und zwar zinsfrei. Petersen hatte schon einkalkuliert, dass er sein Haus verkaufen müsste, weil er die noch benötigte Summe von weiteren 50.000 Euro von seiner Bank nicht bekommen würde. Wenn die Firma dann läuft, hat er genug Geld, um neues, noch schöneres Haus zu kaufen."
Darauf erwiderte der Kommissar:

„Wenn ich Sie recht verstehe, bekam Knut Petersen die 100.000 Euro ohne Zinsen, weil die Russen damit eine Geldwäsche möglich gemacht haben. Damit hatte er sich strafbar gemacht.

Weil die Rückzahlungsfrist schon mehrere Monate überschritten war, wurden die Russen langsam ungeduldig. Aber Petersen musste dazu das Haus verkaufen und dafür brauchte er die Zustimmung seiner Frau. Damit hatte er jetzt zwei riesengroße Probleme.

Wir danken Ihnen und auch Frau Krause für das überaus interessante Gespräch."

Kommissar Böhme und sein Kollege Kutzner verabschiedeten sich mit der üblichen Bemerkung:

„Bitte verreisen Sie jetzt nicht, denn sollten wir noch weitere Fragen haben, würden wir uns wieder bei Ihnen melden. Packen Sie alle ihre persönlichen Sachen zusammen. Weil wir das gesamte Unternehmen versiegeln müssen, können Sie auch nicht mehr hier hinein. Den Chef werden Sie ohnehin nicht so schnell sehen, denn er ist mit seiner gesamten Familie spurlos verschwunden."

Sie schlossen alle Türen und Tore ab, versahen sie mit dem Polizeisiegel und fuhren zurück zum Revier.

Zwischenzeitlich hatten auch die Kommissare Klaus Altmann und Jürgen Klein ihren Auftrag bekommen, der darin bestand, nähere Informationen über die verschwundene Ehefrau, Anna Petersen, einzuholen.

Um dazu einiges zu erfahren, fuhren sie zum Stammsitz ihrer Versicherungsgesellschaft.

Sie standen vor einem großen Gebäude mit riesigen Glasscheiben als Außenflächen. Davor befanden sich spezielle Sonnenschutzeinrichtungen, die automatisch den Lichteinfall so lenkten, dass es nicht blendete. Im Inneren dieses 'Glashauses' empfing sie gähnende Leere. Hinter dem breiten Tresen saß eine Frau und wirkte wie verlassen in dem gewaltigen Foyer. Hier standen einige weiße, runde Tische mit vier ebenfalls weißen Stühlen. Es war offensichtlich so vorgesehen, dass potenzielle Versicherungskunden gleich die Gelegenheit hatten, ihre Versicherungsanträge auszufüllen.

Die beiden Polizisten betraten das Foyer und meldeten sich am Empfangstresen bei der jungen Frau:

„Guten Tag, das ist mein Kollege Klein und ich bin Kommissar Altmann von der Kriminalpolizei, Dienststelle Staaken. Wir hätten gern Frau Petersen gesprochen!"

„Ja, auch von mir einen guten Tag, ich rufe dann mal die Abteilung an. – PAUSE – Da meldet sich aber keiner. Dann rufe ich jetzt den Abteilungsleiter an. – PAUSE.

Kommen Sie bitte mit. Ich soll Sie in sein Büro bringen."

Die beiden Kommissare folgten ihr in das Büro, wurden vom Abteilungsleiter Klaus Renner begrüßt, stellten sich vor und begannen ein Gespräch:

„Wir wollten eigentlich zu Frau Petersen. Wo können wir sie denn erreichen?"

„Frau Petersen hatte um drei Tage Urlaub gebeten, den ich ihr auch gewährt habe und heute sollte sie wieder hier sein, doch sie ist auch jetzt um 10:00 Uhr noch nicht da, was für Frau Petersen ungewöhnlich ist. Können Sie mir denn sagen, warum sie nicht kommt oder wo sie sich befindet? Ist ihr etwas passiert oder hatte sie einen Verkehrsunfall, weil sie immer recht forsch unterwegs ist?"

„Sie kennen Frau Petersen auch privat recht gut oder woher wissen Sie, dass sie so couragiert Auto fährt?"

„Nein, wo denken Sie hin. Keiner aus der Führungsriege hat zu einem Mitarbeiter eine private Beziehung. Das ist streng untersagt und wird von allen respektiert. Wir genießen auch deshalb als Versicherer einen ausgezeichneten Ruf!"

„Wir können Ihnen nicht sagen, wo sich Frau Petersen aufhält oder befindet, denn zu Hause ist sie nicht! – Aber geben Sie uns doch eine Einschätzung über die Person Anna Petersen!"

„Anna ist schon seit ihrem Umzug aus dem Gebiet ‚Mecklenburgische Seenplatte' bei uns in der Versicherungsgesellschaft beschäftigt. Sie hat sich bereits in der Schule für Mathematik und Physik interessiert, arbeitet sehr gewissenhaft, ist äußerst gründlich und besitzt in geschäftlichen Dingen keine Toleranz. Sie entwickelt klare Vorstellungen von ihrem Leben und ist allerdings leicht zu verletzen, wenn man versucht, sie in dieser Hinsicht zu beeinflussen!"

„Herr Schneider, was können Sie uns zu den familiären Verhältnissen von Frau Petersen sagen? Wie gut funktioniert ihre Ehe?"

„Eigentlich spricht sie darüber fast nie. Aber was man so heraushört und ‚zwischen den Zeilen lesen' konnte, ist ihre Ehe tadellos und sie ist stolz auf ihre Kinder."

„Mit welchem Fall hat sich Frau Petersen zuletzt beschäftigt?"

„Es ging um einen größeren Versicherungs-vertrag für das Fahrzeugwerk Werthofen. Details kenne ich noch nicht, denn sie befand sich in der Vorbereitungsphase. Ihr Gesprächspartner war der Rechtsanwalt Dr. Hoffmann vom FWW."

Die beiden Kommissare bedankten sich für das Gespräch mit dem bekannten Abschlusstext und fuhren zurück nach Staaken auf das Revier.

Fred Luchs wusste zu berichten, dass Kollege Böhme schon dabei war, seinen Bericht zu verfassen und Groß war mit einem Gerichtsbeschluss zur Aufhebung der Verschwiegenheit unterwegs zum Hausarzt der Familie Petersen, um einige Informationen zu erhalten.

Bei Kommissar Groß lief es so ab:
„Guten Tag, ich bin Kommissar Groß vom Polizeirevier Staaken. Ich hätte ein paar Fragen an Herrn Dr. Pein. Ist er jetzt kurz zu sprechen?"

Da öffnete sich schon die Tür zu seinem Praxiszimmer. Der Arzt ließ ihn eintreten, bat ihm einen Platz an und begann:
„Herr Kommissar, womit kann ich Ihnen dienen! Sie wissen aber sicher, dass ich der Schweigepflicht unterliege und somit nur bedingt helfen kann!"

„Ja, Herr Dr. Pein, das ist mir bekannt. Da es aber um die Auffindung von vermissten Personen geht, haben wir bei der zugehörigen Staatsanwaltschaft bereits eine Verfügung über eine vorläufige Aufhebung der ärztlichen Schweigepflicht erwirkt, die ich Ihnen hiermit auch aushändigen möchte."

„Anerkennung, da haben Sie ja bereits gut vorgearbeitet. Da beginne ich mit dem 8 Jahre alten Mike. Er leidet an Adrenoleukodystrophie, kurz ALD genannt. Sein Krankheitsverlauf ist typisch und die Lebenserwartung liegt bei ihm, weil er sich bereits im Endstadium befindet, nur noch bei 1 bis höchstens 2 Monaten. Beide Elternteile sind davon in Kenntnis gesetzt und sie gehen perfekt und würdevoll mit diesem Befund um. Eine Medikation erfolgt nicht, sie würde nur schaden.

Das Mädchen ist jetzt 16 Jahre alt und in ihrer körperlichen Entwicklung hinter ihren Gleichaltrigen etwas zurückgeblieben. Daher hat sie an Personen des anderen Geschlechtes noch kein Interesse. Geistig ist sie sehr rege und betreibt auch Sport, um die physische Entwicklung zu beschleunigen. Für ihre Eitelkeit ist das Muttermal, das sie unter dem rechten Auge hat ein ‚großer Schönheitsfehler'. Es ist nicht geraten, hier einzugreifen, da das nachteilige Auswirkungen auf die Augenbewegung haben könnte. Sie nimmt keinerlei Medikamente ein.

Nun zur Mutter: Frau Anna Petersen kenne ich schon seit ihrem Ortswechsel in unseren Tätigkeitsbereich. Sie ist eine starke Persönlichkeit, was ich sowohl physisch als auch psychisch so bewerten kann. Sie lebt bewusst und kommt regelmäßig zur ärztlichen Routineuntersuchung. Sie nimmt keine Medikamente regelmäßig ein. – So, das war es. Haben Sie noch eine Frage oder habe ich etwas unvollständig dargestellt?"

„Danke Herr Dr. Pein dass Sie mich ausreichend informiert und sich dafür die Zeit genommen haben. Guten Tag."

Wieder sprach er den „Abschlusstext" und dann begab er sich auf den Weg zurück auf das Polizeirevier. Dort begrüßte ihn gleich Fred Luchs mit den Worten:
„Na schön, dass du jetzt auch da bist. Fang gleich an, deinen Bericht zu schreiben, denn morgen findet um 8:30 Uhr unsere SOKO-Sitzung statt. Dazu müssen alle Berichte vorliegen!
Altmann hat mir seinen Bericht schon gegeben."

TAG 3:

Pünktlich zur festgelegten Zeit versammelten sich die Mitglieder der SOKO Petersen im Besprechungsraum. Sie setzten sich an den langen Tisch, an dessen Kopfseite Fred Luchs seinen Stammplatz eingenommen hatte. Er begann mit den Worten:

„Guten Morgen, allerseits, wir beginnen mit der Bestandsaufnahme. Ich möchte wissen, was Ihr in Erfahrung bringen konntet."

Jörg Böhme berichtete:

„Knut Petersen befand sich in einer sehr schwierigen finanziellen Situation. Den Verkauf des Wohnhauses seiner Familie hatte er bereits einkalkuliert. Es sollte schon am 30.05. versteigert werden. Er war aber in großer Angst, weil seine Frau sehr an dem Haus hing und bis zu ihrem Lebensende dortbleiben wollte. Es kamen auch öfter Männer in langen schwarzen Ledermänteln in die Firma, die Inhaber der BelaRus Investment S&T, Hamburg. Mit denen machte er riskante und strafbare Geldgeschäfte. Dabei gab es lautstarke Diskussionen. Mehr konnte seine Sekretärin mir nicht sagen.

Der bei ihm beschäftigte Ingenieur Wiesner berichtete, dass der neu entwickelte Katalysator auch dazu verwendet werden könnte, unerkannt

Drogen zu transportieren. Die Unterbringung eines Rauschgiftpaketes in diesen Kat würde nur 30 Sekunden dauern. -Ich finde, wir sollten diese Möglichkeit im Auge behalten."

„Danke Jörg. Und was hast du zu berichten, Klaus?"

„Der ehemalige Abteilungsleiter von Frau Petersen stellte ihr ein ausgezeichnetes Zeugnis aus. Für ihren letzten Auftrag führte sie Gespräche mit einem Rechtsanwalt Dr. Hoffman von den Fahrzeugwerken Werthofen."

Hören wir weiter, was der Arzt zu sagen hatte.
„Bitte Kollege Groß, berichte uns!"

In knappen Worten führte er aus, keine relevanten Auskünfte erhalten zu haben, und sagte:
„Der Arzt bestätigte die Angaben des Einwohner-meldeamtes, dass im Haus zwei Erwachsene und zwei minderjährige Kinder leben. Der 8 Jahre alte Junge sei schwerbehindert und leide an einer lebensbedrohlichen Erbkrankheit. Die Lebenser-wartung gab er mit nur noch 1 – 2 Monaten an, als er ihn das letzte Mal sah und das war vor zwei Wochen. Mutter und Tochter sind unauffällig. Mehr habe ich nicht erfahren."

Fred Luchs zog sein Resümee:
„Wir fassen zusammen: Leider haben unsere Ermittlungen noch nicht viel ergeben und wir stehen immer noch vor einem Vermisstenfall.

Dennoch dürfen wir nicht ausschließen, dass es auch ein Tötungsdelikt sein könnte. Von den Familienangehörigen kommt höchstens der Vater in Betracht. Durch die Offenbarung seiner Geldnot und der bevorstehenden Zwangsversteigerung des Wohnhauses war er unter Druck gekommen. Wahrscheinlich gab es in der Familie harte Auseinandersetzungen und Vorwürfe gegen ihn. Zu vermuten wären ein Reuegeständnis und als Folge ein Suizid. Vielleicht wollte er seiner Familie die Schmach des Haus- und Existenzverlustes ersparen und hat alle umgebracht.

Dass die Ehefrau als Täterin infrage kommt, können wir, glaube ich, ausschließen.

Doch ganz ausklammern möchte ich eine Rachehandlung der offensichtlich betrogenen russischen Geldgeber auch nicht."

Nun wurde die weitere Vorgehensweise durch den Oberkommissar festgelegt:

„Wir müssen noch mehr vom familiären Umfeld erfahren. Mir hat die Nachbarin, die den Notruf abgesetzt hatte, erzählt, dass am Vorabend ein Mädchen aus einer Gymnastikgruppe an der Haustür des besagten Hauses geklingelt hatte, um ihre Freundin Jenny zu sprechen. Der Name des Mädchens ist „Ella.

Ihr beide, Klaus Altmann und Jörg Böhme findet bitte dieses Mädchen Ella aus der Gymnastikgruppe. Vielleicht kann sie uns weitere Informationen liefern!

Wenn ihr das erledigt habt, besucht ihr den RA Dr. Hoffmann und versucht zu erfahren, wie sein Gespräch mit Frau Petersen abgelaufen ist.

Außerdem erwarte ich zu unserem morgigen Treffen den Bericht der Kriminaltechnik.

Weiter gibt es noch folgendes zu tun:

Kollege Groß, du besorgst von den behandelnden Zahnärzten schon jetzt einen Gebissabdruck und auch von allen vier im Haushalt lebenden Personen eine Haarprobe für Referenz-DNAs. Dann können wir schnell handeln, falls wir eine oder mehrere aufgefundene Personen zu bewerten haben."

Während Sigi Groß sich in sein Dienstfahrzeug setzte, um das besprochene Referenzmaterial zu besorgen, ermittelten die beiden anderen Kommissare die Adresse des Übungsraumes der Gymnastikgruppe und machten sich auf den Weg dorthin. Sie trafen Ella an und stellten ihr folgende Frage:

„Was kannst du uns über Jennys Verwandte oder Bekannte sagen?"

Ella antwortete nur kurz:

„Eigentlich weiß ich nicht viel von Jennys Familie, nur, dass sie noch einen Opa hat, den sie sehr liebt. Wo der aber wohnt, weiß ich nicht. - Ich habe aber noch eine Bitte. Jenny hatte sich von

uns zwei Tierköpfe vom Kostümverleih ausgeliehen, die sie ihrer Mutter zeigen wollte, die
hätten wir gern wieder zurück. Können Sie da
etwas machen? Die müssten noch im Hause sein!"

Sie fuhren zurück zu ihrem Revier und notierten
diese kurzen Informationen.

Als dies Fred Luchs erfuhr, drängelte er:

„Die Adresse von diesem Opa steht doch bestimmt
in deren Telefonbuch. Fahrt beide schnell hin und
versucht, die Adresse oder Telefonnummer
herauszufinden. Außerdem bringt ihr dann bitte
noch die beiden Tierköpfe mit!"

Das war eine klare Ansage und schon zogen die
beiden Kommissare Altmann und Böhme wieder los
nach Alhausen in das Haus Nummer 17. Dort
durchsuchten sie alles und fanden auch schnell im
amtlichen Telefonbuch einen Eintrag, dick
unterstrichen: Günther Garbe mit der Telefonnummer. Dieses Telefonbuch hatten die Kollegen
von der KTU nicht mitgenommen. Was sie aber trotz
kriminalistischen Spürsinns nicht fanden, waren die
beiden Tierköpfe. Dennoch kamen sie wieder zurück
auf das Revier. Luchs war erfreut, dass er nun die
Telefonnummer von dem Opa hatte und griff gleich
selbst zum Telefon:

„Günter Garbe, Gartenbau, was kann ich für Sie
tun?"

Fred Luchs antwortete ebenso geschäftlich: „Oberkommissar Luchs vom Polizeirevier Staaken. – Herr Garbe, kennen Sie eine Familie Petersen in Alhausen?"

„Ja, das ist die Familie meiner Tochter Anna!"

„Herr Garbe, wann waren Sie das letzte Mal bei Ihrer Tochter und hatte Ihre Reise einen bestimmten Grund?"

„Das kann ich Ihnen genau sagen, das war erst vor drei Tagen. Meine Tochter hatte angedeutet, dass es finanzielle Probleme gibt und da habe ich ihr kurzerhand ausgeholfen! – Aber warum fragen Sie?"

„Herr Garbe, das sage ich Ihnen gleich. Wie sah die Hilfe denn aus?"

„Ich brachte ihr eine Geldkassette mit 30.000 Euro. Das Geld hatten wir für unsere Enkelin Jenny aufgespart, das sollte sie eigentlich erst zur Hochzeit bekommen, doch nun war alles plötzlich anders. Ich bat auch darum, dass sie das Jenny und Knut nicht unbedingt sagen aber die Kassette gut verwahren sollte."

„Wissen Sie auch, wo sie die Kassette versteckt hat?"

„Ja, und das hat sie mir auch bestätigt, als ich sie nach meiner Rückkehr angerufen hatte: Im

Zimmer von Jenny, ganz hinten in der Abseite! –
Aber nun sagen Sie mir bitte endlich, was los ist."

„Herr Garbe, Ihre Tochter und die ganze Familie
sind verschwunden und wir suchen sie überall.
Haben Sie eine Idee, wohin sie vielleicht verreist
sein könnten?"

„Verschwunden, sagen Sie. Das verstehe ich
nicht, aber weggefahren sind sie bestimmt nicht,
das geht wegen Mike auf keinen Fall."

„Erst einmal besten Dank, Herr Garbe, wir
melden uns sofort bei Ihnen, sobald wir
Neuigkeiten haben! Auf Wiederhören!"

Inzwischen hatte Kommissar Altmann kurzfristig
einen Termin mit Dr. Hoffmann in den
Fahrzeugwerken Werthofen abgestimmt. Gegen
15:00 trafen beide Kommissare dort ein und nahmen
wie vereinbart in der Kantine Platz. Kurz darauf
erschien Dr. Hoffmann und setzte sich zu ihnen an
den Tisch. Die Kommissare stellten sich vor und
erklärten ihrem Gesprächspartner, dass Frau
Petersen zusammen mit ihrer Familie vermisst wird.
Mehr durften sie dem interessierten Rechtsanwalt
nicht sagen, da es sich um ein schwebendes
Verfahren handelte. Aber während des Gespräches
erfuhren sie, dass der neue Vertrag eine Transportversicherung beinhaltet, speziell für den PKW-
Transport per LKW. Obwohl dabei alle Fahrzeuge
mit einem Stoffüberzug geschützt sind, kann es

durch Fremdkörper zu einer Beschädigung kommen. Dr. Hoffmann berichtete von sehr detaillierten Verfahrensfragen, die er mit Frau Petersen abklären musste. Es standen aber noch ungelöste Probleme im Raum, sodass ein weiteres Gespräch mit ihr zu führen war.

Hier unterbrach Kommissar Altmann die Schilderung von Dr. Hoffmann:

„Sie sagten, dass noch weitere Gespräche mit Frau Petersen ausstanden. Hatten Sie den Eindruck, dass Frau Petersen die folgenden Gespräche aus Krankheits- oder anderen Gründen nicht führen könnte und einen anderen Mitarbeiter benennen würde?"

„Nein, auf keinen Fall. Wir hatten bereits für den Dienstag nächster Woche einen festen Termin verabredet, der natürlich wieder mit ihr stattfinden sollte."

Damit hatten die Kommissare ihre Aufgabe erfüllt und verabschiedeten sich von Dr. Hoffmann.

TAG 4:

Im Besprechungsraum hatte sich wieder die gesamte SOKO Petersen eingefunden und als Gast nahm Frau Dr. Such von der Abteilung Kriminaltechnik aus Magdeburg teil.

Der Oberkommissar eröffnete die Besprechung und bat gleich Frau Dr. Such, zu berichten, was die kriminaltechnische Untersuchung ergeben hatte. Sie machte das sehr gründlich und ausführlich. Die relevanten Punkte könnte man so zusammenfassen:

- der Gesamtzustand der Wohnung ließ auf eine gewisse Grundordnung schließen, wobei der Aufbruch allerdings unter einem gewissen Zeitdruck stattgefunden haben musste

- der Kühlschrank war vollkommen leergeräumt und ausgeschaltet

- ebenso war auch der Tiefkühlschrank vollkommen leer

- in einer Schublade des Küchenschrankes haben wir Bargeld in Höhe von 78,33 EUR gefunden

- in einer anderen Schublade im Wohnzimmer lagen der Personalausweis der Anna Petersen und der Schülerausweis auf den Namen Jenny Petersen und ein Schwerbehindertenausweis auf den Namen Mike Petersen, des Weiteren ein

Führerschein, ausgestellt auf Anna Petersen

- Im Kinderzimmer im Dachgeschoss lag auf dem Nachttisch ein Smartphone mit dem Nutzernamen: Jenny. Das befindet sich jetzt in unserer Asservatenkammer. Mehr haben wir dort nicht gefunden.

- Dokumente auf den Namen Knut Petersen waren nicht auffindbar

- Die gefundenen Fingerabdrücke rührten hauptsächlich von den Familienangehörigen her, wobei ein weiterer Fingerabdruck häufiger und in allen Räumen zu finden war. Dieser konnte nicht zugeordnet werden, da er in der Datenbank nicht vorhanden ist.

- Es wurden weder im Haus noch in der Garage Blutspuren gefunden

Auf dem Anrufbeantworter konnte eine gelöschte Nachricht wiederhergestellt werden. Sie kam von einem unbekannten Absender und hatte folgenden Inhalt:

„Hör zu Alte, wenn dein Alter nicht in 24 Stunden das Geld bringt, holen wir uns deine Tochter und dann siehst du sie nie wieder und wenn er dann noch nicht kommt, bist du auch dran."

Das alles wurde gesprochen mit polnischem oder russischem Akzent.

Mehr hat unsere kriminaltechnische Untersuchung nicht ergeben.

Nun musste Oberkommissar Luchs doch noch etwas loswerden:

„Frau Dr. Such, haben Sie in dem Haus keine Tierköpfe gefunden, die es im Kostümverleih gibt und die man sich aufsetzen kann? – Es werden zwei solcher Köpfe in der Gymnastikgruppe vermisst, da sich Jenny diese ausgeliehen, mit nach Hause genommen und nicht zurückgebracht hatte.

Sie erwähnten auch, dass das im Dachgeschoss befindliche Kinderzimmer nicht intensiv durchsucht wurde, weil Sie dort nichts Relevantes vermutet hatten. Sie fanden nur ein Smartphone.

Dieses oberflächliche Durchsuchen erstaunt mich sehr! Ein Zeuge, der Vater der Anna Petersen, hatte ihr nämlich am Vortag noch eine Geldkassette gebracht, die von ihr in der Abseite im Dachgeschoss versteckt worden war. – Wir werden selbst noch einmal dort nachsehen. Dazu müssen wir die Kriminaltechnik nicht noch einmal bemühen. Wir danken Ihnen, Frau Dr. Such, für Ihre Ausführungen und setzen jetzt hier unsere Arbeit fort."

Damit hatte er der Mitarbeiterin der KTU zu verstehen gegeben, dass er mit der teils oberflächlichen Arbeit nicht zufrieden war und sie hier nicht mehr gebraucht wurde.

Fred Luchs wandte sich nun an seine Kollegen:

„Ihr habt alle die Ausführung von Dr. Such gehört. Es sind leider nur wenige Punkte, die wichtig sein könnten. Dabei denke ich an den Hinweis über eine mögliche Flucht und an den Telefonmitschnitt mit dem drohenden Gesprächsinhalt. Wir werden beide im Auge behalten."

Plötzlich kam ein Notruf und einige Kollegen wurden sofort zu einem Verkehrsunfall gerufen. Doch gerade wollte der Polizeioberkommissar zwei Kollegen in die Abseite schicken, doch daraus wurde nichts. Es war nur noch einer da und so schickte Fred Luchs Kommissar Groß jetzt allein zum Tatort:

„Das hilft nun alles nichts, aber heute musst du mal allein los. Kontrolliere die Abseite gründlich und bringe die Kassette morgen früh zur Lagebesprechung mit!"

TAG 5:

Im Besprechungsraum saßen alle bereits am Tisch, sodass Fred Luchs gleich beginnen konnte:

„Die Ergebnisse der KTU sind einfach recht bescheiden. Sogar die Kassette musste einer von uns holen. Kollege Groß, nun präsentiere uns das Beutestück!"

Jetzt begann Sigi Groß:

„Also ich habe in beide Abseiten hineingeschaut und hineingeleuchtet, aber da war keine Kassette. Nicht einmal leere Kartons oder irgendwelches Zeug. Da war absolut nichts!"

Fred Luchs: fasste zusammen:

„Die Hauptfrage ist nun: Wo ist die Kassette geblieben?

Wer konnte etwas von dem Aufbewahrungsort wissen, zumal die Kassette ja erst seit einem Tag dort war? Wir müssen im Dorf die Anwohner befragen. Da muss doch jemand etwas gesehen haben, denn eine Geldkassette kann man nicht in die Hosentasche stecken!

Ihr beide, Klaus Altmann und Jörg Böhme, fahrt in nach Alhausen und befragt Anwohner der Dorfstraße. Das war es erst einmal und nun geht alle an eure Arbeit! – Viel Erfolg."

Den anstehenden Besuch bei den Mulchs wollten sie sich noch eine Weile aufsparen und fuhren zum übernächsten Haus auf dieser Straßenseite zum Haus Nr. 12. Am Eingang lasen sie das Klingelschild 'Hilde Möller' und klingelten. Als eine Frau öffnete, stellten sie sich beide vor und erklärten, dass sie lediglich ein paar Auskünfte haben wollten:

„Frau Möller, wie lange wohnen Sie schon hier?"

„Ach, das sind schon etliche Jahre, denn ich bin hier geboren und auch später nie weggezogen. Wenn man sich eingewöhnt hat und fast alle Leute kennt, weshalb sollte ich da wegziehen. Auch als mein Mann vor acht Jahren starb, kam ein Umzug für mich schon gar nicht infrage."

„Sie haben sicherlich erfahren, dass im Haus Petersen plötzlich niemand anzutreffen ist und wir suchen nun diese Bewohner."

„Da fragen Sie am besten die Mulchs, die wohnen gegenüber und haben auch Kontakt zueinander. Noch am Tag zuvor, als die verschwunden sind, ging Hans-Peter früh morgens schon zu Anna Petersen. Ich brachte den Mülleimer raus und wollte nur sehen, ob Knut schon weggefahren ist. Das macht er immer um die gleiche Zeit und da weiß ich, dass ich jetzt Kaffee trinken kann. Meine Standuhr ist schon länger kaputt und für die Küchenuhr benötige ich neue Batterien."

„Gut, und Sie haben aber deutlich gesehen, dass es Herr Mulch war und kein anderer, oder?"

„Aber gewiss doch. Den Mulch erkenne ich schon aus noch größerer Entfernung, weil er sein linkes Bein etwas hinterher zieht. Außerdem kam er aus seinem Haus, ging über die Straße und klingelte bei Anna an der Haustür. Sie machte auf und er verschwand im Haus und ich auch. Wieso fragen Sie das eigentlich? Ist er verdächtig oder warum?"

„Schönen Dank Frau Möller, Sie haben uns sehr geholfen. Wenn wir das nächste Mal nach Alhausen kommen, bringen wir Ihnen zwei Batterien für die Küchenuhr mit, denn Knut fährt jetzt nicht mehr! – Na, dann Guten Tag."

Sie wendeten, fuhren zurück und hielten vor dem Haus Nr. 16 des Ehepaares Mulch an.

Ohne sich vorher telefonisch angekündigt zu haben, drückte Kommissar Altmann den Klingelknopf. Jörg Böhme ging hinter das Haus und sah einen gut gepflegten Kleingarten mit sorgfältig angelegten Beeten und blühenden Obstbäumen. Unter dem Apfelbaum fand er eine frisch umgegrabene rechteckige Fläche. Er konnte es sich nicht erklären, warum hier umgegraben wurde.

Nachdem Frau Mulch ihnen die Haustür geöffnet hatte, traten sie ein und sie führte sie in die ‚gute Stube', wo Herr Mulch schon war und bot ihnen Platz an.

Kommissar Böhme begann:

„Wir sind zu Ihnen gekommen, weil wir noch einige Auskünfte benötigen, da Sie sich ja gut auskennen. Übrigens haben Sie einen sehr gepflegten Kleingarten, so etwas bekommen wir nur selten zu sehen."

Sofort ergriff Herr Mulch das Wort:

„Ja, wir freuen uns und scheuen keine Arbeit. Ich musste unter dem Apfelbaum den alten Rasen umgraben, weil ich neuen einsäen wollte!"

Nun fuhr Böhme fort:

„Sie hatten doch am ersten Abend dem POK Luchs einiges über die Familie Petersen und deren Haus erzählt, weil Sie öfter dort gewesen waren. Wann waren Sie denn das letzte Mal da?"

Nun musste Herr Mulch antworten:

„Da drüben war ich noch nie, was soll ich denn dort. Meine Frau geht öfter hin."

„Herr Mulch, das haben wir aber von einer Zeugin anders gehört!"

„Der alten Möller brauchen Sie nichts zu glauben, die lügt, wenn sie den Mund aufmacht. Ich hatte an dem Tag, nur die Haustür einen Spalt weit geöffnet, weil ich frische Luft schnappen wollte und sehen, ob Knut schon weggefahren war. Da kam sie mit dem Mülleimer aus dem Haus und schaute mich verdutzt an! Vielleicht habe ich auch einen Schritt auf die Straße gemacht, aber bei Anna geklingelt habe ich nicht."

„Herr Mulch, wir haben eine andere technische Frage an Sie. Wissen Sie, warum die Petersens das Dachgeschoss nicht ausgebaut haben, damit hätten sie doch mehr Platz und Stauraum gehabt?"

„So ein Quatsch, natürlich ist das Dachgeschoss ausgebaut, sogar mit einem guten Teppichboden ausgelegt, dabei habe ich ihnen damals sogar geholfen. Und Stauraum haben sie auch, weil auf beiden Seiten eine Abseite ist mit einer Klappe."

„Nun machen Sie mich aber unsicher. Woher wissen Sie denn das, wenn Sie noch nie in dem Haus waren?"

„Das habe ich nie behauptet, nur vorgestern war ich nicht da."

„Danke Frau Mulch und Herr Mulch, Sie hören noch von uns. Auf Wiedersehen."

„Ne, einen Augenblick noch, Herr Kommissar, das wollte ich Ihnen noch sagen, ich weiß einfach nicht, ob es wichtig ist, aber vielleicht doch. Also, vor zwei Wochen war hier wieder das Auto für die Altkleidersammlung. Sie glauben gar nicht, was die Petersens alles weggegeben haben. Als hätten sie das ganze Haus ausgemistet, das ist doch ungewöhnlich, oder? – Und jetzt: Guten Tag."

Dieses teils unsachliche Gespräch, mussten die beiden Kommissare zum Anlass nehmen, dort einmal genau hinzuschauen, und zwar in Haus und Garten.

Kommissar Altmann unterrichtete noch am selben Tag Fred Luchs von diesem Gespräch und beantragte beim Staatsanwalt die entsprechenden Papiere für eine Durchsuchung des Gartens.

Und wieder bekam die Kriminaltechnik einen umfangreichen Auftrag in Alhausen, dieses Mal aber im Haus Nummer 16.

TAG 6:

Das ganze Dorf Alhausen war in Aufruhr, denn ein Bagger und einige Bauarbeiter fuhren zum Haus des Ehepaares Mulch. Noch bevor der Bagger vor dem Haus angekommen war, kam Klara heraus und fragte den Polizisten, der die Bauarbeiter zum Haus geführt hatte:

„Was ist hier eigentlich los? Wollen Sie etwa zu uns?"

Da zog der Polizist ein großes Papier aus seiner Aktentasche und hielt es der Klara direkt unter die Nase:

„Amtliche Anordnung für eine kriminal – technische Untersuchung von Haus und Garten in Alhausen, Dorfstraße 16 bei den Eheleuten Klara und Hans-Peter Mulch!"

Klara antwortete ganz entsetzt:

„Mein Mann ist gar nicht zu sprechen, er ist auch gar nicht zu Hause!"

Da erwiderte einer der Bauarbeiter:

„Macht nichts, wir benötigen keine Hilfe, wir kommen allein gut klar."

Dann wurde als Nächstes für alle Schaulustigen ein rotes Flatterband als Begrenzung aufgespannt.

Erst darauf begann der Baggerfahrer vorsichtig das Erdreich abzutragen und es seitlich zu lagern. Dabei schauten ständig zwei Polizisten in die entstehende Grube, ob sie die Kassette entdecken könnten.

Gleichzeitig waren drei Polizisten im Haus dabei, eine Hausdurchsuchung vorzunehmen. Dabei wurde das Unterste nach Oben gekehrt.

Nachdem der unermüdliche Baggerfahrer eine etwa 90 cm tiefe Grube ausgehoben und das Erdreich daneben abgelegt hatte, stellten die Polizisten fest, dass keine Geldkassette gefunden wurde. Der herbeigerufene Oberkommissar Luchs konnte sich selbst von dem Ergebnis überzeugen und getrost den Befehl zum ordnungsgemäßen Herrichten des ursprünglichen Zustandes geben.

Auch die Hausdurchsuchung förderte keine Geldkassette zu tage und wurde als 'erfolglos beendet' abgeschlossen.

Luchs nahm seine beiden Mitarbeiter, die das Ausheben verfolgt hatten, zur Seite und fing an, laut hörbar nachzudenken:

„War die vom Besitzer umgegrabene, rechteckige Fläche etwa eine bewusst angelegte falsche Fährte? War es gewollt, dass wir genau hier baggern, nichts finden und folgerichtig den Herrn Mulch als unschuldig eingestuft haben? Im Haus wurde auch nichts gefunden.

Wo konnte die Kassette nur sein?

Wer außer Mulch konnte wissen, dass sich in der Abseite des Hauses Nr. 17 eine Geldkassette befand?

Gewiss wäre der aufmerksamen Frau Mulch aufgefallen, wenn ein Fremder das Haus betreten hätte. Schließlich stand es nur einen Tag lang leer, dann wurde es von uns versiegelt.

Hatte Frau Petersen ihrem Vater die Wahrheit gesagt oder hatte sie das Geld beiseite geschafft und damit vielleicht einen Fluchthelfer bezahlt?

Hatte vielleicht Knut Petersen von den 30.000 EURO erfahren und damit seine Schulden bei den Russen zu beglichen?

Wo ist die Geldkassette geblieben und wo sind die 30.000 EURO hin? "

Diese Frage blieb zunächst im Raum stehen und Fred Luchs schickte seine Mitarbeiter und den Bagger wieder nach Hause.

Sofort stand Herr Mulch breitbeinig vor dem Oberkommissar und fragte mit merklichem Nachdruck:
„Und wer übernimmt die Kosten für die Unannehmlichkeiten und für meine Rufschädigung?"

Oberkommissar Luchs antwortete nur kurz:
„Reichen Sie einen schriftlichen Antrag ein."

Nachdem vor diesem Haus wieder Ruhe herrschte und die Absperrungen beseitigt worden waren, ging auch Oberkommissar Luchs weg. Aber da er schon einmal in Alhausen war, wollte er sich selbst von der Situation mit der Abseite im Dachgeschoss des Hauses Nummer 17 ein eigenes Bild machen. Er überquerte die Straße, entfernte das Verschluss-siegel an der Hauseingangstür, öffnete diese mit dem Haustürschlüssel und ging hinauf in Jennys Zimmer. An der rechten Seite sah er schon eine Kante der Klappe. Vorsichtig zog er die davor-stehende Kommode zur Seite, öffnete die Klappe und stellte sie an die Seite. Luchs steckte den Kopf in diese rechteckige Öffnung und schaute nach beiden Seiten. Aber so sehr er auch versuchte, sich eine Geldkassette dorthin 'zu wünschen' --- es war keine da. Auch auf der rechten Seite neben der Öffnung der Abseite war nur Staub und weiter nichts. Er schaute sich die Klappe genau an und auch die Aussparung, die etwas 'lieblos' herausgesägt worden war. Die Kanten wurden nicht wie üblich, mit Sandpapier geglättet, sondern man ließ sie sägerau. Das wiederum war für die Spurensuche von Vorteil. Fred Luchs nahm seine Taschenlampe in die eine Hand und hielt mit der anderen Hand seine Lupe, die er immer bei sich trug. Mit einer 4-fachen Vergrößerung konnte er alle Feinheiten klar erkennen. Tatsächlich hingen an der rauen Kante noch Textilfasern. Sofort sammelte er vorsichtig einige ein, so gut es ohne Pinzette ging. Er stopfte sie in ein Plastiktütchen, verschloss dieses wieder und steckte es in seine Tasche. Stolz über seinen Fahndungserfolg stellte er die Klappe an die alte Stelle und verließ das Haus. Das Verschlusssiegel erneuerte er und machte sich auf den Weg in die KTU nach Magdeburg. Dort stattete er Frau Dr. Such einen Überraschungsbesuch ab. Er präsentierte stolz die Textilfasern, die er an der Öffnung der Abseite im Haus Nr. 17 gefunden hatte. Da ihrer Abteilung entgangen war, selbst diese Spuren zu finden, fühlte sie sich in der Schuld und bot die sofortige Untersuchung an. Kurz wurden einige dieser Fasern auf einen Objektträger gelegt, mit einem Deckglas fixiert und dann unter dem Mikroskop betrachtet. Dr. Such erkannte schnell, um welche Art von textilem Gewebe es sich handelte und sprach sofort den Oberkommissar halb fragend an:

„Herr Kollege, wollen Sie mich jetzt veräppeln und mir ein mikroskopisches Bild Ihrer Dienstjacke zeigen?"

„Wie meinen Sie das denn?", fragte er verwundert.

Darauf antwortete sie:

„Diese Fasern stammen von genau dem textilen Gewebe, aus dem unsere Dienstkleidung hergestellt ist und wird!"

Er brachte gerade noch ein 'Danke' heraus und verschwand. So einsilbig hatte sie Fred Luchs noch nie erlebt, denn sie kannten sich schon einige Dienstjahre. Auf der Fahrt in seinem Dienstwagen schüttelte er unentwegt den Kopf und brummelte:

„Unmöglich! Das ist doch unglaublich. Nein, so etwas darf es und kann es in meiner Abteilung nicht geben."

Luchs fuhr ziemlich verhalten zurück, denn diese Überraschung hatte ihn 'kalt" erwischt.

TAG 7:

Kurz vor acht Uhr klopfte Sigi Groß an die Bürotür von Fred Luchs. Als ihn dieser eintreten ließ, stellte sich Sigi vor Fred und sagte:

„Fred bitte entbinde mich von der Teilnahme an der heutigen Besprechung. Ich habe eine riesengroße Dummheit begangen, über die ich mit dir unter vier Augen sprechen möchte. Hast du nach der Besprechung für ein längeres Gespräch mit mir Zeit?"

„Ja, die Zeit nehme ich mir. Nun gehe in dein Büro und mache deine Arbeit. An der heutigen Beratung brauchst du nicht teilzunehmen.

Guten Morgen, Kollegen! Kollege Groß lässt sich entschuldigen. Die heutige Beratung findet um 10:00 Uhr statt."

Plötzlich klingelte das Telefon und es meldete sich eine freundliche Frauenstimme:

„Ist dort das Polizeirevier und kann ich Kommissar Böhme sprechen?"

Kommissar Böhme stand neben dem Telefon und Luchs reichte ihm den Hörer:

„Ja, hier Kriminalkommissar Böhme, wer sind Sie denn und was möchten Sie?"

Nun fing Frau Krause an zu erzählen, dass sie nicht mehr in der Firma sein konnte und auch noch keinen Job gefunden hatte. Deshalb rief sie von ihrem Handy an. Sie bezog sich auf den Besuch der beiden Kommissare und dass diese beim Weggehen eine Visitenkarte dagelassen hätten, falls ihr noch etwas einfallen sollte. Das war jetzt der Fall. Als sie abends allein zu Hause in aller Stille über ihre Zeit im Startup nachdachte, fiel ihr ein, dass sie kurz ihren Platz verlassen hatte, als die Männer mit den langen Ledermänteln da waren. Sie musste auf die Toilette gehen, wo ein kleines Fenster den Blick nach draußen ermöglichte. Da sah sie einen schwarzen ‚180er Mercedes' stehen, genau das Modell, das einst ihr Vater besessen hatte. Sie verharrte einen Augenblick an dem kleinen, etwas höher ange-brachten Fenster, weil sie an schöne Ausflüge dachte, die ihre Familie mit dem ‚180er' unter-nommen hatte. Daher erkannte sie das Modell sofort. Leider hatte sie sich das Kennzeichen nicht gemerkt.

Nach dieser Schilderung dankte Kommissar Böhme Frau Krause für den Anruf und den interessanten Hinweis.

„So, dann setzen wir unsere Beratung über das weitere Vorgehen der SOKO Petersen fort. Ich informiere kommentarlos, dass wir uns mit dem ominösen Verschwinden der Geldkassette nicht mehr beschäftigen müssen. Herr Mulch ist damit auch rehabilitiert.

Aber noch immer fehlen vier Personen und wir haben keinen Ansatzpunkt, wo wir mit der Suche beginnen könnten. Die Tatsache, dass der Kühlschrank in einem vollkommen leeren Zustand aufgefunden wurde, lässt uns vermuten, dass die Bewohner geflüchtet sind. Um sich dann zu ernähren, haben sie die vorhandenen Nahrungsmittel mitgenommen.

Mit dem aufgezeichneten Telefonat können wir auch nicht viel anfangen, solange wir keinen Hinweis vorliegen haben, wer die Anrufer sein könnten. Aber der Inhalt des Gespräches deutet darauf hin, dass zumindest die Mutter aus Angst, die Anrufer könnten die Drohung wahr machen, geflohen sein könnte.

Es bleibt uns nur die probate Methode der abermaligen Befragung der übrigen Dorfbewohner oder anderer, möglicherweise wichtiger Personen.

Kollege Böhme, du fährst noch einmal mit Oliver Kutzner nach Alhausen und befragst weitere Dorfbewohner. Kollege Altmann, du bleibst bitte hier, denn ich möchte auch noch eine Befragung durchführen".

Damit gingen die Teilnehmer der SOKO auseinander und ihrer neuen Aufgabe nach.

Fred Luchs klopfte ganz kurz bei Sigi Groß an die Tür, öffnete sie einen Spalt und sagte:

„Nun komm in mein Büro, ich habe jetzt Zeit für dich!"

Im geräumigen Büro von Fred setzten sich beide an einen kleinen, runden Seitentisch und Fred forderte Sigi auf:

„So, Sigi, schieß los! Was ist dein Problem! Erzähl frei von der Leber weg!" –

Nun holte Sigi hörbar tief Luft und begann:

„Du hattest mir kürzlich den Auftrag erteilt, allein noch einmal in das Haus 17 zu fahren, weil die anderen Kollegen zu einem Verkehrsunfall mussten. Ich fuhr also hin, öffnete das Siegel und betrat das Haus. Es herrschte eine unbeschreibliche Stille und Kälte im ganzen Gebäude, denn die Heizung war abgestellt. Ich ging die Treppe hinauf, öffnete die Tür zu Jennys Zimmer und suchte die Klappe zur Abseite. Nachdem ich die Kommode beiseitegeschoben hatte, nahm ich die Klappe ab und stellte sie an die rechte Seite vor die Abseite. Dann leuchtete ich in die Abseite hinein und schaute nach beiden Seiten. Da entdeckte ich an der linken Seite, ziemlich weit hinten eine kleine graue Kassette mit einem Griff an der Oberseite, der im Licht der Taschenlampe glänzte. Da wusste ich, in zwei Metern Entfernung sind 30.000 Euro. Das ist genau die Summe, die ich benötige, meine Schulden zu tilgen. Für den Bau unseres Hauses hatte mir die Bank zwar einen Kredit in Aussicht gestellt, der aber erst dann freigegeben werden würde, wenn noch offene Fragen abgeklärt waren. Um schon früher beginnen zu können, lieh ich mir von einem Freund 30.000 EURO. Leider zog sich die Bereitstellung des Bankdarlehens in die Länge und mein Freund benötigte unbedingt das Geld zurück. Ich hatte die ausgemachte „Leihfrist" überzogen. Nun hatte ich ein ernstes Problem. Aber ich habe schon als Kind gelernt: ‚Du sollst nicht stehlen!'

Egal, ich kroch vorsichtig durch die enge Luke in die Abseite, robbte nach hinten, bis ich mit ausgestrecktem Arm die Kassette fassen konnte. Damit kroch ich zurück und wieder ganz vorsichtig aus der Luke rückwärts in Jennys Zimmer. Nun verschloss ich die Luke mit der Klappe, schob die Kommode wieder an die ursprüngliche Stelle und blieb für einen Moment mit der Kassette in der Hand auf dem Fußboden sitzen. Vor meinem geistigen Auge sah ich 30.000 Euro, die in einen Folienbeutel gesteckt, dieser verplombt und letztlich in einem Regal in der Asservatenkammer abgelegt werden würde. Wem fehlte das Geld momentan? Keiner vermisst es! Niemand leidet Hunger, wenn er das Geld nicht hat! Für mich wäre es aber eine Rettung! Warum darf ich mir dieses Geld nicht für kurze Zeit borgen, wenn ich es doch Cent für Cent zurückgeben würde, sobald ich das könnte. Ich würde gern noch mehr arbeiten, um die Summe schnell zurückzuzahlen. – Aber nein, ich darf nicht daran denken.

Ich stand auf, nahm die Kassette, schloss die Zimmertür wieder ab und ging hinunter. Dann verließ ich das Haus, brachte ein neues Siegel an und fuhr nach Hause.

Es folgte eine schlaflose Nacht, gefühlte 48 Stunden ohne Ruhe zu finden. – Am nächsten Tag log ich dich und alle meine Kollegen an. Menschen, die zu meinem Team gehören, die ich schätze und mit denen ich weiterarbeiten möchte. Nun stehe ich als Dieb und Versager diesen Leuten gegenüber. Ich schäme mich."

Fred hatte sich aufmerksam die Geschichte angehört und schwieg noch immer. Nach einer längeren Pause sagte er:

„Sigi, ich danke dir für deine Ehrlichkeit. Ich habe dich schon immer als guten Kollegen und Menschen geschätzt, aber das, was du getan hast, ist nicht zu entschuldigen. Du bringst morgen die gesamte Summe zurück und bekommst von mir dafür eine Telefonnummer. Sie gehört einem alten Freund von mir, der schon sehr viel Geld nach Afrika gespendet hat. Erzähle ihm von deinem Problem. Er wird dir helfen.

Aber warum hast du mir nicht schon früher von deinem kurzzeitigen finanziellen Engpass erzählt? Wir hätten genau diese Lösung gefunden, die ich dir heute anbiete, ohne dass dein Ansehen einen Kratzer bekommen hätte.

Ich möchte dich in unserem Team behalten. Deine ‚Untat' werden wir gemeinsam neben dem Geld in der Asservatenkammer sicher unterbringen."

Zwei Dienstfahrzeuge des Polizeireviers Staaken fuhren vom neuen Parkplatz davon in Richtung Alhausen.

Während das Fahrzeug von Böhme und Kutzner gleich am Dorfeingang bei dem Haus Nr. 4 hielt, setzte der Oberkommissar seine Fahrt fort. Etwa 200 m hinter dem Dorfausgang schwenkte die Straße nach links ab und machte einen sanften Bogen, bis sie dann einen schnurgeraden Verlauf nahm. Hier, wo die Linkskurve anfing, bog nach rechts ein schmaler Feldweg ab, der aber trotzdem mit Fahrzeugen gut zu befahren war. Diesen Weg nahm Luchs und nach 300 Metern hielt er vor einem ehemaligen Wachturm der DDR-Streitkräfte. An einigen Stellen war noch die blassgrüne Tarnfarbe zu erkennen. Er pochte erst einmal an die Blechtür, bevor er den an der rechten Seite angebrachten Klingelknopf sah. Aber er kam nicht dazu, zu klingeln. Die Eisentür wurde von innen geöffnet.

„Das ist doch eine Überraschung, Herr Kommissar Luchs, dass Sie mich in meinem ‚Adlerhorst' besuchen", empfing ihn der Forstangestellte Karl Zimmermann.

Herr Luchs erwiderte:

„Ja, da haben Sie wohl recht, Herr Zimmermann. Es hat sich in meinem Leben mittlerweile viel getan. Ich bin nun Leiter des Polizeireviers Staaken und auch zum Polizeioberkommissar berufen worden. Wir sitzen in der ehemaligen Schule, die entsprechend renoviert respektive umgebaut wurde. Und wir sind auch die einzigen, die über die geheime Rufnummer „123" mit Ihnen auf dem Wachturm in Kontakt treten können. Wenn Sie einen Anruf tätigen, dann klingelt bei uns das Telefon."

Zimmermann lud seinen Gast ein, indem er sagte:

„Nun kommen Sie erst einmal hoch, da können wir in Ruhe erzählen!"

Beide stiegen über die Spindeltreppe auf den eisernen Treppenstufen nach oben. Dabei hallte jeder Schritt, doch wen sollte das hier in der Einöde schon stören.

„Sie haben einen fantastischen Rundblick. Wie weit können Sie denn von hier aus sehen?", fragte Luchs nach.

„Vorausgesetzt, dass das Wetter eine gute Fernsicht erlaubt, sehe ich noch die Gebäude vom Fahrzeugwerk Werthofen."

Man merkte den beiden Männern an, dass sie sich viel zu erzählen hatten. Sie kannten sich schon von früher, als Karl Zimmermann noch bei der Polizei angestellt war. Doch um eine bessere Bezahlung bei weniger Stress zu bekommen, wechselte er in die staatliche Forstwirtschaft über.

Während des Gespräches kam der Oberkommissar auch auf den akuten Kriminalfall zu sprechen, bei dem vier Personen spurlos verschwunden sind. Und leider musste man das Wort ‚spurlos‘ wörtlich nehmen, denn es fehlte jeglicher Anhaltspunkt. Luchs erhoffte sich einige Informationen, ohne genau sagen zu können, was er eigentlich wissen wollte. Nun setzte er wieder an und wurde konkreter:

„Sind Ihnen unbekannte Fahrzeuge aufgefallen?"

„Nein, das kann ich nicht sagen. Morgens fahren hier noch nicht viele und ich achte auch nicht auf Autos, sondern schaue nur über die Baumwipfel hinweg in die Wälder. Aber vorgestern, ja, das fand ich komisch. Da kam aus dem Seitenweg, der zum Turm führt, rückwärts ein Auto heraus, das hier gewendet hat. Ich fuhr dann wie immer zu meiner Abstellfläche für meinen Pkw unten neben der Blechtür, schloss auf und ging die 98 Treppenstufen hinauf in die Kanzel. Nachdem ich mich dort wieder 'häuslich' niedergelassen hatte, schaute ich nach unten und sah, dass ein Auto entgegen der Fahrtrichtung vor Schulzens Haus stand. Vielleicht war es dasselbe, das bei meinem Weg gewendet hatte. Aber ich dachte mir nichts dabei, weil ich glaubte, das seien wieder die

Burschen von der ‚AERO LOOK‘, die für ihn arbeiten".

Mit dieser Schilderung hatte er die Aufmerksamkeit von Luchs erregt, der schon im Begriff war, zu gehen und bereits vor der Tür stand. Nun setzte er sich wieder hin und fragte nach:

„Was sind das für Burschen und was bezeichnen Sie mit AERO LOOK?"

„Da fragen Sie am besten Schulze. Ich weiß nur, dass diese Leute mit Drohnen über seine Felder fliegen und nach Wild Ausschau halten."

Jetzt hatte Luchs genug erfahren und schon stand sein nächstes Besuchsziel fest: Johann Schulze.

Er verabschiedete sich von Zimmermann, öffnete die Tür und stieg die 98 Stufen nach unten. Luchs fuhr ab, um sein Fahrzeug in der Dorfstraße 18 in Alhausen vor einem alten Bauernhaus zu parken. Dort klopfte er an die mit Schnitzereien verzierte Haustür und brauchte nur einen Moment zu warten. Die Bauersfrau öffnete die Tür und fragte:

„Hach, wer sind Sie denn?"

„Guten Tag, Luchs, Kriminalpolizei."

„Ja, ist doch gut und was möchten Sie von mir?"

„Ich hätte gern Herrn Johann Schulze gesprochen!"

„Hm, das können Sie, der ist hinten in der Scheune" und sie rief „Hannes, komm mal fix her, hier ist ein Kriminalpolizist, der will was von dir!"

„Guten Morgen, Johann Schulze. – Was möchten Sie von mir?"

Weit ausholend versuchte der Kommissar, die gesamte Situation darzustellen, dass aus dem Dorf Alhausen vier Personen spurlos verschwunden waren. Die Polizeidienststelle in Staaken hat diesen Vermisstenfall aufzuklären und wie in einem Puzzlespiel müssen alle möglichen Informationen gesammelt werden. Emma und Johann Schulze nickten gleichzeitig und zeigten damit Interesse an der Aufklärung dieses Vermisstenfalls.

Luchs erkannte, dass sie bereit waren, ihm zu helfen und so fuhr er fort:

„Herr Schulze, welchen Auftrag haben Sie der ‚AERO LOOK' gegeben?"

„Herr Kommissar, wir betreiben hier ökonomische Landwirtschaft und sind daher mit der Natur eng verbunden. Bevor ich mit dem Mähdrescher auf das Feld fahre, rufe ich die Jungs von der ‚AERO LOOK an. Die kommen dann mit ihren Drohnen und suchen das Feld, das ich abmähen möchte, gründlich ab, ob sich da Rehkitze niedergelassen hatten. Wenn sie dann ein Kitz finden, sagen sie uns, also meiner Frau und mir Bescheid. Wir sind dann beide auf dem Feld und tragen die gefundenen Tiere auf einen mit Gras bewachsenen Seitenstreifen, wo ich mit dem Mähdrescher nie hinkomme."

„Das ist doch sehr lobenswert, dass Sie die Tiere schützen möchten. Und wir von der Polizei schützen darüber hinaus auch die Menschen. Geben Sie mir bitte die Anschrift und die Telefonnummer der ‚AERO LOOK', dann sind Sie mich auch schon wieder los."

Luchs bekam die gewünschten Daten und verabschiedete sich mit einem Dankeschön für die bereitwillige Unterstützung und Hilfe.

Er setzte sich in seinen Dienstwagen und fuhr zurück nach Staaken.

TAG 8:

Wieder hatte sich die SOKO Petersen zur Berichterstattung und Festlegung neuer Such-strategien im Besprechungsraum eingefunden.

Fred Luchs begann den Arbeitstag mit den Worten:
„Guten Morgen, liebe Kollegen, was könnt Ihr uns Neues mitteilen? Jörg und Oliver, Ihr wart noch einmal in Alhausen. Oliver, bitte berichte:

„Wir haben an allen Haustüren geklingelt und auch fast alle angetroffen, aber mit negativem Ergebnis, denn niemand konnte einen relevanten Hinweis geben. Angefangen haben wir mit dem Haus 4, denn das Haus 2 ist nur noch eine Ruine. Es ist zusammengebrochen, wie der ganze Sozia ...!"

„Stopp, Oliver",
unterbrach ihn abrupt Fred Luchs:
„Bitte bleib sachlich. Wir sind Kriminalisten und keine Politiker! - Also habt ihr nichts mitgebracht, was uns weiterhelfen könnte. Aber ich habe euch interessante Informationen zu bieten!"

Nun berichtete POK Luchs von dem Besuch bei dem Mitarbeiter des 'Staatlichen Forstwirtschafts-betriebes', Karl Zimmermann, der während der Sommermonate einen Arbeitsplatz als Beobachter auf einem ehemaligen Grenzturm der NVA gefunden hatte. Seine Aufgabe bestand in der Beobachtung der umgebenden Wälder im Hinblick auf entstandene Brände bei erhöhter Waldbrandgefahr. Dabei sah er natürlich auch andere Dinge und Vorkommnisse. Während dieser für die SOKO-Kriminalisten etwas langweiligen Schilderung weckte das Wort 'Drohnen' die Aufmerksamkeit der Zuhörer und deren Interesse.

Ihre detektivisch ausgerichteten Gehirne wurden wach. Wäre es denkbar, dass die Drohne bei ihrer Suche nach Rehkitzen ganz nebenbei auch andere Gegenstände aufnimmt, die für ihre Arbeit eine Bedeutung haben konnten? Als dann Luchs noch erwähnte, dass Herr Zimmermann von einem dunklen Pkw sprach, der entgegen der Fahrt- richtung, gewissermaßen in Blickrichtung zum Haus Nr. 17 abgestellt worden war, ging durch alle Köpfe der gleiche Gedanke: Die Burschen von ‚AERO LOOK' müssen unbedingt und sofort kontaktiert werden.

Mit seiner Schilderung war es dem Ober- kommissar gelungen, wieder Bewegung in die SOKO zu bekommen, da die bisherigen Ergebnisse nicht zu einer Motivation beigetragen hatten. Auf seine Frage, wer den Kontakt zu den Mitarbeitern von ‚AERO LOOK' übernehmen möchte, meldete sich die gesamte Mannschaft. Um Klaus Altmann endlich von seinem Posten als qualifizierten Telefonist abzulösen, bekam er folgenden Auftrag:

„Klaus, nimm bitte Verbindung mit dem Unternehmen ‚AERO LOOK‘ auf und vereinbare einen Besuchstermin. – Wir beenden die Beratung und die übrigen Kollegen bearbeiten weiter Ihre Aufgaben.

Jürgen Klein nahm am Telefon seinen Platz ein, während sich seine Kollegen in ihre Bereiche verzogen hatten. Der Chef machte sich in seinem Büro ungestört Gedanken darüber, wo denn bloß und warum diese vier Bürger verschwunden waren. Sind sie vielleicht geflohen und wenn ja, vor wem oder wovor? Sind sie gemeinsam auf der Flucht?

Leben noch alle oder sind sie schon Mordopfer! Unzählige Fragen und keine Antworten

Klaus Altmann hatte inzwischen den telefonischen Kontakt zu AERO LOOK aufgenommen und einen zeitnahen Besuchstermin vereinbart. Er griff sich also seinen Kollegen Böhme und beide freuten sich auf eine abwechslungsreiche Ermittlungsarbeit bei den ‚Drohnen-Piloten‘ in Magdeburg.

Dort verlief es dann so:

„Guten Tag, das ist mein Kollege Böhme und mein Name ist Altmann, wir sind Kriminalkommissare und kommen von der Dienststelle Staaken. Ich hatte mit Ihrem Mitarbeiter Funke telefoniert und uns angekündigt. Wo kann ich ihn finden?"

„Ich rufe ihn her, nehmen Sie bitte hier im Foyer Platz!"
war die freundliche Begrüßung einer Informatik-studentin, deren Aufgabe darin bestand, Gäste zu empfangen und sie entsprechend ihrem Anliegen weiterzuleiten.

Die beiden Kommissare setzten sich an einen kleinen Tisch und stöberten in den ausliegenden Prospekten über Drohnen und deren vielfältiges Zubehör.

Unterdessen klingelte im Polizeirevier Staaken das Telefon, Jürgen Klein nahm den Hörer ab und meldete sich: „Polizeirevier Staaken, Sie sprechen mit Kommissar Klein, was kann ich für Sie tun?" Da sprach ihn eine Frauenstimme an:

„Kann ich bitte Herrn Kommissar Böhme sprechen?"

Daraufhin Klein: „Nein, der ist unterwegs. Kann ich Ihnen denn weiterhelfen?"

„Ach so, der ist nicht da? Schade! – Aber vielleicht interessiert es Sie auch. Ich bin Frau Krause, die Sekretärin von Petersen.
Sie wollten doch wissen, wenn mir noch etwas einfällt. Ich hatte schon ausgesagt, dass einer von den beiden Russen oder Polen oder Rumänen geraucht hatte. Weil das so stank, konnte ich nicht umhin und sagte es ihm. Da nahm er die

halb aufgerauchte Zigarre aus dem Mund, drückte sie vor meiner Nase auf meiner Schreibtischunterlage aus und warf diesen Stummel in die Vase, in der die pflegeleichten Kunstblumen standen und sagte auch noch: 'Jetzt nix Blumenaroma, jetzt gut Tabakaroma'. – Dann schaute er mich noch einmal böse an und ging mit dem anderen zur Tür hinaus."

Kommissar Klein bedankte sich bei Frau Krause und informierte Luchs über das Telefonat, der darauf festlegte:

„Sobald Kutzner wieder zurück ist, möge er sich unverzüglich mit dieser Frau Krause in Verbindung setzen und sich mit ihr in ihrem ehemaligen Büro treffen. Er soll die ganze Vase mitbringen und danach die Eingangstür wieder vorschriftsmäßig versiegeln. Teile ihm das bitte mit, falls ich nicht da sein sollte!"

Inzwischen hatten sich die Kommissare Altmann und Böhme mit dem zuständigen Ingenieur Funke bekannt gemacht, der sie sogleich an einen Arbeitsplatz führte, der mit einem PC und einem 32 Zoll-Monitor ausgestattet war. Bei den Drohnenflügen werden keine Einzelaufnahmen gemacht, sondern permanent Videos aufgenommen. Dann kann man an interessanten Stellen die Wiedergabe einfach stoppen und sich eine bestimmte Aufnahme genauer ansehen, während die Kamera weiterläuft und Videoaufnahmen aufzeichnet. Wenn der Kollege, der die Drohne steuert, plötzlich ein Rehkitz entdeckt, informiert er den Bauern und dieser oder ein Helfer werden zu der Fundstelle geführt. Diese Vorgehensweise hat sich bewährt. Nun werden natürlich während des Fluges unbewusst und ungewollt auch andere Objekte gesichtet. Und genau darauf bauen jetzt unsere beiden Kriminalisten, denn es interessiert sie nicht, wo Rehkitze gelegen haben, sondern ob durch einen Kameraschwenk oder eine Flugbahn der Drohne die Landstraße erfasst wurde. Wenn dann noch der vermutete schwarze oder dunkelblaue ‚180er Mercedes' auftauchen würde, wäre es wie Goldstaub in der Ermittlungsarbeit. Also wurden Minute für Minute die unterschiedlichsten Videoaufnahmen betrachtet. Es ist nicht nur das bloße Anschauen der Aufnahmen auf dem Bildschirm anstrengend, sondern auch die geistige Anspannung und Konzentration, auf dem riesigen Monitor etwas zu verpassen. Im Abstand von 30 Minuten gönnten sie sich eine Pause für einen Kaffee und dann ging es weiter. Nachdem sie nun über fünf Stunden den Blick vom Monitor nicht abgewandt hatten, verließ sie allmählich die Zuversicht, hier noch etwas zu finden. Doch plötzlich rief Jörg Böhme:

„Halt, stopp, geh' noch mal ein Stück zurück, ja so und nun fahre das Video ganz langsam ab, bis ich ‚halt' sage. Halt! Da sieht man oben am linken Rand am Monitor ein dunkles Auto. Es steht vor einem Bauernhaus. Es ist das erste Haus auf der linken Seite, wenn man von Magdeburg kommt und in Richtung Staaken durch Alhausen fährt. Kann man den Ausschnitt noch mehr vergrößern?"

Ingenieur Funke gab sich die größte Mühe durch Veränderung der Helligkeit und des Bildkontrastes die möglichst stärkste Vergrößerung aus dem Video herauszuholen, ohne dass die Körnung alles unkenntlich machte. Nun erkannte man die Umrisse des polizeilichen Kennzeichens und bei noch stärkerer Vergrößerung konnte Herr Funke laut und langsam vorlesen, was er erkennen konnte:

„Da ist vorn ‚HH' als Ortskennung für Hansestadt Hamburg, dann folgen ein ‚B' oder ein ‚E'. Es kann beides sein, aber die Wiedergabe ist zu unklar. Weitere Buchstaben kann ich nicht erkennen nur noch am Ende eine ‚3' oder eine ‚8'."

Die beiden Kommissare hatten die Zeichen notiert und stellten nun die möglichen Kombinationen zusammen:

HH – Bxxxx 3

HH – Bxxxx 8

HH – Exxxx 3

HH – Exxxx 8.

Das war ein hervorragendes Ergebnis, das die lange Ausdauer und die überanstrengten Augen vergessen ließ.

Beide dankten Herrn Funke für seine bereitwillige Unterstützung und die beiden Ermittler fuhren stolz zurück auf das Revier.

TAG 9:

Mit einem „Guten Morgen, allerseits!" begrüßte Fred Luchs das Team, eröffnete die heutige Besprechung der SOKO und kam gleich zur Sache:

„Kollege Klein, sind bei dir Anrufe eingegangen, die den Vermisstenfall Petersen betreffen? Wenn ja, dann berichte bitte!"

„Ich kann keine wesentlichen Anrufe melden!"

Nun forderte der Chef Oliver Kutzner auf:
„Oliver, bitte berichte."

Kutzner schilderte genau, wie er vorgegangen war:
„Ich hatte mich mit Frau Krause für 10:00 Uhr an der versiegelten Eingangstür des ehemaligen Startups von Knut Petersen verabredet. Sie traf pünktlich ein und ich öffnete das Siegel. Dann betraten wir ihr ehemaliges Büro. Ich konnte keine Veränderungen feststellen. Das Siegel hatte ich auch unversehrt vorgefunden. Dann nahm ich die Vase und steckte sie mit den Kunstblumen und dem zwischen den Stängeln eingeklemmten Zigarrenstummel in einen Asservatenbeutel und verschloss diesen. Sie griff nach dem kleinen Modellauto, einem VW Passat, auf dessen Dach der Schriftzug stand: ‚CO_2 frei mit COEx' und steckte es in ihre Handtasche. Es war ein Werbeartikel des jungen Unternehmens. Danach

verließen wir wieder das Büro. Ich verschloss die Eingangstür und brachte ein neues Siegel an. Das Beweisstück habe ich dann, wie du angewiesen hattest, mit einem Kurier zu Frau Dr. Such in die KTU nach Magdeburg geschickt. Sie hat mir inzwischen den Eingang bestätigt und mitgeteilt, dass sie eine DNA bestimmen werde und diese in Ermangelung eines Spendernamens unter dem Decknamen ‚Schwarzer Ledermantel' in die Datei aufnehmen wird."

„Danke Oliver. Und nun sind wir gespannt, was uns die ‚Drohnen-Co-Piloten' zu berichten haben."

Jörg Böhme hatte es übernommen, von der Arbeit der beiden zu berichten. Dabei erklärte er seinen anwesenden Kollegen, wie man sich die Sucharbeit mittels einer Drohne vorzustellen hat. Er unterließ es nicht, darauf hinzuweisen, dass es eine sehr anstrengende Tätigkeit war und ein hohes Maß an ununterbrochener Aufmerksamkeit erfordert hatte, das Videomaterial zu sichten. Schließlich hatten sie nach einigen Stunden intensiven Suchens einen Erfolg zu vermelden. Das polizeiliche Kennzeichen war nur teilweise zu lesen und er nannte die möglichen Kombinationen. Jetzt konnte man das Datum und die genaue Uhrzeit angeben, wann vor dem Hause Nr. 18 in der Dorfstraße in Alhausen ein schwarzer oder dunkelblauer Mercedes 180 gehalten hatte. Altmann nickte die Darlegungen seines Kollegen ab.

Luchs zog das Resümee:

„Es erhärtet sich der Verdacht, dass der Mercedes eine gewisse Rolle in unserem Fall spielen könnte. Aber wir kennen noch nicht den oder die Namen der Insassen oder des Fahrers. Dazu müssen wir um Amtshilfe bei der Hamburger Zulassungsbehörde bitten und das übernimmst bitte du, Jörg! – So, damit hat nun jeder seine Aufgabe. Jürgen, du hast deine Arbeit am Telefon so gut gemacht, dass ich dich gern für die Zukunft als ‚hauptamtlichen Telefonisten' dafür benenne."

Die Antwort von Jürgen Klein darauf kam nicht aus tiefem Herzen: „Danke, Herr Polizeioberkommissar!" Die Sitzung der SOKO Petersen war für heute beendet und alle begaben sich auf ihre Posten, genauer gesagt Bürostühle. Während Klaus Altmann nun die ehrenvolle Aufgabe bekommen hatte, das provinzielle Polizeirevier Staaken in der Zulassungsstelle in der Hansestadt Hamburg bekannt zu machen, ertönte ein lauter, tiefer Ton im Polizeigebäude und der dienstbeflissene Jürgen Klein schrie:

„Alarm, das rote Telefon meldet einen Anruf!"

Er stürzte an das rote Telefon, riss den Hörer von der Gabel und meldete sich kurz: „Kommissar Klein, Staaken!"

Da kam die Antwort:

„Hier spricht Zimmermann vom Wachturm. In Richtung Ost-Nord-Ost steigt dunkler Rauch auf."

Klein legte auf, griff zum anderen Telefon, um die Feuerwehr zu verständigen. Von da kam sofort die Rückmeldung:

„Verstanden, Kommissar Klein. Die Kameraden sitzen gerade auf und fahren sofort los. Wir fahren mit unserem Drohnen-Einsatzfahrzeug in die Nähe und lassen die Drohne aufsteigen, damit wir den Kameraden die GPS-Daten der Brandstelle übermitteln können. - Ende."

Im Polizeirevier Staaken verhielt man sich zunächst ruhig, wartete ab, ob sich die Feuerwehr melden würde und erledigte weiter die anstehenden Aufgaben.

Nach etwa einer Stunde meldete sich der Einsatzleiter der Feuerwehr und unterrichtete den Oberkommissar von einem Leichenfund. Damit hatte sich urplötzlich die Ruhe eines Büroalltags in hektische Aktivitäten eines Ernstfalles verwandelt. Zwei Polizeiwagen fuhren vom neuen Parkplatz in Richtung Magdeburg. Nach geschätzten zwei Minuten bekam Fred Luchs die GPS-Daten der Brandstelle. Diese befand sich in unmittelbarer Nähe eines großen Waldes auf einer mit Büschen und Bäumen überwucherten Lichtung, etwa 3 km von Alhausen entfernt. Als sie eintrafen, waren auch keine Flammen mehr zu sehen und man erkannte die verbrannten und verkohlten Reste eines kleinen Bauwagens, den die Forstwirtschaft dort abgestellt hatte. Er sollte lediglich als Aufenthaltsort dienen, damit Waldarbeiter ihr Frühstück oder Mittagessen einnehmen konnten. Nun musste man abwarten, bis sich die verkohlten Teile abgekühlt hatten. In der Zwischenzeit durchsuchten die vier Kriminalbeamten das Umfeld nach Beweisstücken. Alle möglicherweise maßgeblichen Teile oder Bruchstücke wurden in separate Plastiktütchen gesteckt und mit einer Kennung versehen. Zuvor wurde aber von jedem Fundstück und der Fundstelle eine Fotoaufnahme gemacht. Sie fanden Reste von Milchkartons, Käseschachteln und einige leere Wasserflaschen. Diese Fundstücke untermauerten die Vermutung, dass diese aus dem Kühlschrank der Familie Petersen stammen könnten. Man hätte auch annehmen können, dass es Verpackungsreste von den Mahlzeiten der Waldarbeiter waren. Doch auf einem Milchkarton war noch ein Verfallsdatum zu erkennen, das nur einige Tage zurücklag. Waldarbeiter waren aber schon lange nicht mehr hier gewesen.

Besonderes Augenmerk fiel auf drei gefundene Tablettenschachteln.

Es war einem Feuerwehrmann möglich, mit Atemschutz in das Innere des verkohlten Bauwagens zu gelangen, wo er den Leichenfund genauer in Augenschein nahm. Kommissar Luchs griff zum Handy und rief die KTU an:

„Guten Tag Frau Dr. Such! Wir haben einen Leichenfund zu melden und bitten um Unterstützung durch die KTU!"

Er gab noch die Koordinaten durch und bat seine Mitarbeiter zu sich, sie sollten alle gefundenen und eingetüteten Beweisstücke auf ein und dieselbe Stelle legen.

Die inzwischen eingetroffenen Mitarbeiter der KTU zogen ihre Schutzkleidung an und begaben sich zur Leiche. Auch hier wurde als erste Amtshandlung der Fundort im Bild festgehalten. Erst danach trugen sie den leblosen, stark verkohlten Körper sehr vorsichtig heraus, um ihn außerhalb des noch vorhandenen Qualms besser begutachten zu können. Frau Dr. Such hatte es sich nicht nehmen lassen, bei diesem Fund selbst zugegen zu sein. Oberkommissar Luchs zeigte ihr die Tablettenschachteln und sie erkannte sofort, dass es sich um Schlaftabletten handelte. Allein die große Menge verleitete sie zu dem Schluss, dass die Tabletten nicht als übliche Einschlafhilfe gedient hatten.

Nach zwei Stunden konnten die kriminal-technischen Untersuchungen abgeschlossen werden. Die Beamten der KTU nahmen die Leiche und die diversen Beweisstücke mit in das Institut nach Magdeburg. Herr Luchs fuhr zurück nach Staaken, nur die Feuerwehr ließ noch zwei Kollegen dort, bis die letzten Glutnester gelöscht waren. Dann wurde der Tatort gesichert. Zwei Mitarbeiter von Luchs waren noch dageblieben, weil sie den Tatort absperren mussten, nachdem die Feuerwehr gänzlich abgezogen war.

Im Polizeirevier Staaken gingen die Uhren jetzt anders, denn der Fund brachte für die Ermittlungstätigkeit neue Impulse und es breitete sich eine gesteigerte Betriebsamkeit aus.

Kommissar Altmann war es inzwischen gelungen, der Mitarbeiterin bei der Hamburger Zulassungsstelle klarzumachen, nach welchem Algorithmus sie nach den KFZ-Haltern suchen sollte. Normalerweise bekommt sie für eine Halterermittlung ein komplettes Kennzeichen genannt, gibt das in die Datenbank ein und in Sekundenschnelle steht da die Adresse des Halters auf dem Bildschirm. Von Altmann bekam sie aber das Kennzeichen nur stückchenweise und mit einigen Lücken versehen, die nun alles Mögliche sein konnten. Der Versuch, einfach nach einem schwarzen oder dunkelblauen ‚180er Mercedes‘ zu fahnden, war jammervoll gescheitert, weil der Bildschirm sich immer wieder neu aufbaute und am Ende 673 Adressen anbot. Da kapitulierte auch die entgegenkommende Kollegin in der Zulassungsstelle mit den hamburgischen Worten:

„Nee, das geht ja wohl gar nich, sonn Pükerkram mach ich überhaupt nich!“

Kommissar Altmann war von seinem Chef beauftragt worden, die Halter zu finden, wie auch immer er es anstellte!

Aus dieser Zwangsposition heraus unterbreitete er der Mitarbeiterin der Zulassungsstelle einen weiteren Vorschlag, wie durch eingefügte Fragezeichen die Suche gelingen könnte. Damit kam er aber nicht gut an, denn sie sagte kurz:

„Nee, Herr Kommissar, so kommen wir nicht in die Puschen! - Sie setzen sich in ihren Dienstwagen, schalten das Blaulicht ein, um es in kurzer Zeit zu uns zu schaffen. Dann können wir beide in Ruhe allerhand ausprobieren, bis Sie die Gangster gefunden haben!"

Der Vorschlag einer Zusammenarbeit vor Ort gefiel ihm gut, da er ja ohnehin die gefundenen Halter persönlich aufsuchen musste. Er kündigte der Mitarbeiterin seinen persönlichen Besuch für morgen Vormittag gegen 9 Uhr an.

TAG 10:

Klaus Altmann schaute an diesem Morgen nur kurz herein, begrüßte den Chef und verkündete seinen Reise- und Ermittlungsplan. Er bestieg den Dienstwagen und fuhr ohne eingeschaltetes Blaulicht vom Hof.

Nach reichlichen zwei Stunden stand er vor der Hamburger Beamtin in der Zulassungsstelle und begrüßte sie:

„Guten Tag, ich bin Kommissar Altmann. Wir haben gestern lange miteinander gesprochen. Vielleicht finden wir heute gemeinsam einen Weg, die Fahrzeughalter, anhand von Fragmenten eines polizeilichen KFZ-Kennzeichens zu ermitteln."

Die Beamtin sagte in ihrer freundlichen Art, dieses Mal auf Hochdeutsch:

„Wir haben zwar für die Halterfindung eine umfangreiche Software zur Verfügung, da diese aber fast nie gebraucht wird, kennt sich damit noch keiner aus!"

Hoffnungsvoll warf Altmann ein:

„Das kann sich ja ändern, denn nun haben wir eine interessante Aufgabe. Da müssen wir eben einiges ausprobieren."

Gesagt – getan. Beide luden immer neue Programm-Module auf den Rechner, aber das richtige war noch nicht dabei. Sie hatten aber eine gewisse Freude daran gefunden, etwas gänzlich Neues, abseits der Routine, herauszufinden. Nun hatten sie schon ein Programm geladen, dass es vorsah für nicht bekannte Zeichen ein Fragezeichen (?) einzufügen, wenn man angeben konnte, aus wie viel einzelnen Zeichen das gesamte Kennzeichen besteht. Altmann kontrollierte seine Aufzeichnungen und stellte fest, dass auf allen Kombinationen die gleiche Anzahl Zeichen vorhanden waren. Das sah dann schon recht gut aus. Nun wusste aber Frau Schubert, so hieß die Beamtin, dass es für die Festlegung der Pkw Lackierung noch ein Zusatzmodul gab, was sie sofort herunterlud. Jetzt sollte es also klappen. Altmann diktierte die Zeichenfolge und nannte die Farbe: Schwarz. Da meinte Frau Schubert:

„Wir geben die beiden Farben ein: Schwarz und dunkelblau.“

Jetzt ratterte der PC los und auf dem Monitor sausten die Adresszeilen in hoher Geschwindigkeit von oben nach unten, bis der PC plötzlich stoppte. Sieben Adresszeilen waren übrig geblieben. Es war den beiden gelungen, die richtige Software für diese schwierige Aufgabe zu finden und damit die infrage kommenden Halter herauszufiltern. Frau Schubert druckte ihm die Liste aus und lud den zufriedenen Kommissar in die Kantine zu einem zweiten Frühstück ein.

Viel Glas umgab die Kantine und erlaubte interessante Ausblicke auf einige Kai-Anlagen des Hamburger Hafens. Auf der gegenüberliegenden Seite erblickte man das gewaltige, aber ästhetisch gediegene Gebäude der Elbphilharmonie. Da Altmann von der Größe der Kantine überrascht war, wollte er wissen, ob diese nur für die Zulassungsstelle eingerichtet worden war. Frau Schubert erklärte ihm, dass es ein Bürogebäude sei und verschiedene Institutionen hier untergebracht waren.

Als sie ihren Hunger gestillt und genügend über Hamburgs Besonderheiten gesprochen hatten, sagte sie zu ihm:

„Also, bei der Liste von sieben Fahrzeughaltern, die in unterschiedlichen Stadtteilen anzutreffen sind, wird Ihre Befragung nicht an einem Tag erledigt sein. Suchen Sie sich beizeiten eine Unterkunft, denn die billigen Hotels sind dünn gesät!"

Kommissar Altmann verabschiedete sich von der freundlichen Hamburgerin und dankte herzlich für die erwiesene Amtshilfe.

Bevor er aber auf Hotelsuche ging, musste er unbedingt ein Telefonat mit seinem Dienststellenleiter führen und ihm klarmachen, dass die bevorstehende Arbeit nicht mehr an diesem Tag zu erledigen war. Er bat um Genehmigung einer

Übernachtung, um am folgenden Tag die Halter-befragung fortzusetzen.

Luchs war erfreut über den Teilerfolg und gestattete eine 'kostengünstige' Übernachtung im schönen Hamburg. Schließlich war es für Klaus Altmann das erste Mal, dass er in Hamburg war und hier sogar übernachten durfte, wenn er eine 'kostengünstige' Bleibe denn finden würde.

Er ging also auf Suche, nachdem ihm noch Frau Schubert den Tipp für das kleine Hotel 'Jupiter' gegeben hatte. In einer Nebenstraße hinter dem Hauptbahnhof fand er das erwähnte 'Hotelchen'. Er fragte nach einem Einzelzimmer und bekam die erfreuliche Antwort:

„Ja, da haben Sie aber Glück, denn ich habe noch eines frei. Insgesamt sind im Haus nur acht Zimmer und die sind schnell weg!"

Der Hotelier gab Herrn Altmann den Zimmerschlüssel und den Hinweis, dass es ab 6:30 Frühstück geben würde.

Da es erst kurz nach drei Uhr war, blieb noch genug Zeit, mindestens den ersten Kandidaten zu konsultieren. Er schaute also in seinen Hamburger Stadtplan, wer von den aufgelisteten Personen in der Nähe des Hotels 'Jupiter' wohnen würde. Die Wahl fiel auf Frau Emilia von Großburg-Waldorf, wohnhaft in der Alexanderstraße, III. Stock. Kommissar Altmann fand schnell Straße und Hausnummer und stieg in das III. Stockwerk. Dort brauchte er nur kurz zu klingeln und die Schauspielerin öffnete die Tür, hieß ihn willkommen und fragte:

„Was führt den Herrn zu mir?" – So wurde er in Staaken und Umgebung in seiner gesamten Dienstzeit nicht begrüßt, aber Staaken ist eben nicht Hamburg. Nach dieser ungewöhnlich netten Begrüßung hatte er seine amtliche Fassung wiedergefunden und stellte sich vor:

„Kommissar Altmann, Kriminalpolizei. Ich hätte nur einige Fragen an Sie, dann bin ich wieder weg."

„Ach nein, nun mal nicht so hastig, Sie sind doch gerade erst gekommen."

Nun wurde er sachlich:

„Wenn ich recht informiert bin, besitzen Sie einen schwarzen 180er-Mercedes."

Schon wieder unterbrach sie ihn:

„Ob er 180 ist weiß ich nicht und nach dem Alter frage ich grundsätzlich nicht. Also. Was ist damit?" –

„Ich würde mir das Fahrzeug gern einmal ansehen, wo finde ich ihn denn?" –

„Der steht unten vor dem Haus, zwischen den beiden Bäumen neben dem Gehweg. Aber bevor ich Ihnen die Autoschlüssel gebe, geben Sie mir Ihren Dienstausweis."

„Das geht nicht, den darf ich nicht aus der Hand geben. Ich gebe Ihnen aber gern meine Visitenkarte und dann können Sie die Daten mit dem Dienstausweis vergleichen!"

„Quatsch! Tünkram! Hier ist der Autoschlüssel und dann machen Sie fix, ich will noch weg, sogar heute noch!"

Kommissar Altmann fand schnell den Mercedes, schloss die Tür auf, schaute in den leeren Aschenbecher, verschloss das Fahrzeug wieder und stieg hoch in den dritten Stock. Er brauchte nicht zu klingeln, denn Frau Großburg-Waldorf erwartete ihn schon an der Tür und streckte ihm die Hand entgegen, weil sie den Schlüssel schnell wieder zurückbekommen wollte. Sofort fragte sie:

„Na, wat is? Bin ich nun tatverdächtig? - Wenn nicht, dann setzen sie sich jetzt hin, das gibt nun erst einmal einen Kaffee."

Nachdem er bei sehnsuchtsvollen Gesprächen aus ihrer Schauspielerzeit ein Tässchen Kaffee genossen hatte, dankte er für ihre Hilfe bei der Verbrecher-bekämpfung und verabschiedete sich.

Auf seiner Liste konnte er das erste Häkchen setzen und mit seinem eigenen Kurzzeichen 'UV' für 'unverdächtig' versehen. Dann suchte er nach einer neuen Adresse, die im nahen Umfeld sein sollte.

In einer nicht weit entfernt liegenden Straße wohnte im Erdgeschoss der Privatier Karl Meyer.

Das also war sein nächster Fahrzeughalter. Er setzte seinen Dienstwagen wieder in Bewegung und war auch schnell vor Ort. Er klopfte an der Wohnungseingangstür, weil er keinen Klingelknopf finden konnte. Wahrscheinlich befand sich dieser unten vor der Haustür auf dem großen Tableau, an dem er achtlos vorübergegangen war, weil die Haustür offenstand. Karl Meyer öffnete und schaute wortlos in das fremde Polizistengesicht. Darauf stellte sich Altmann vor:

„Guten Tag. Kommissar Altman, Kriminalpolizei Staaken"

Sein Gegenüber antwortete:

„Guten Tag, mein Name ist Karl Meyer, was möchten Sie denn?"

„Herr Meyer, mir ist bekannt, dass Sie Halter eines schwarzen Mercedes sind. Wo befindet sich das Fahrzeug im Augenblick?"

„Mein ,180er' steht unten vor dem Haus in der Parkbucht. Es lohnt sich für mich nicht, an einem anderen Ort für teures Geld eine Garage zu mieten, denn ich hole jeden Morgen mit dem Auto meine Brötchen. Der Weg zum Bäcker ist mir schon zu weit und vor dessen Laden kann man bequem parken."

„Ich schau mir das Fahrzeug kurz an und dann habe ich von Ihnen alle Informationen, die ich benötige."

Die Lage war übersichtlich und den Pensionär Karl Meyer konnte der Kommissar ebenfalls in seiner Liste abhaken und mit 'UV" markieren. Dass dieser Herr sein Auto keinem anderen zur Verfügung stellen würde, stand außer Zweifel, da er in diesen Fällen auf seine Frühstücksbrötchen hätte verzichten müssen.

Also musste sich nun Klaus Altmann einen weiteren KFZ-Halter aussuchen, dem er einen Besuch abstatten würde. Im Hamburger Nordosten lag die Adresse des nächsten Halters, nämlich in der KFZ-Werkstatt Hagen. Er gab in sein Navi den Straßennamen ein und machte sich auf den Weg. In der besagten Straße würde er die Werkstatt wohl auch ohne Hausnummer finden. Überdies war dem Kommissar als guten Beobachter aufgefallen, dass vornehmlich im Stadtzentrum an vielen Häusern keine Hausnummern angebracht waren. Die Werkstatt hatte er dennoch schnell erreicht und seinen Dienstwagen auf dem Werkstatthof abgestellt. Er fragte einen Monteur, der gerade vom Hof ein Fahrzeug in die Halle holen wollte, wo er den Geschäftsführer finden könnte.

„Der Chef ist im Büro",

war die knappe Antwort. Altmann ging in das Büro und stellte sich vor:

„Guten Tag! Kommissar Altmann, Kriminalpolizei Staaken, sind Sie Herr Hagen persönlich?"

„Moin, moin, ja, das bin ich. Aber wie ich am Kennzeichen Ihres Dienstwagens sehen kann, sind Sie gar nicht von Hamburg, dann dürfen Sie hier gar nicht ermitteln!"

„Herr Hagen, ich befrage nur einige Bürger und dazu haben wir auf Basis einer Amtshilfe die Erlaubnis. Gäbe es denn bei Ihnen etwas zu ermitteln, wovor Sie sich fürchten?
Nach meinem Kenntnisstand sind Sie Herr Hagen, der Halter eines 180er, dunkelblauen Mercedes. Stimmt das?"

„Ja!",
war alles, was Herr Hagen erwidern wollte.

Nächste Frage:
„Wo befindet sich das Fahrzeug zurzeit?"

„Da!",
war wieder eine knappe Auskunft und der Meister zeigte mit seiner Hand auf einen in der Halle stehenden Mercedes, dessen Motorhaube geöffnet war. Wieder fragte Kommissar Altmann nach:
„Warum ist die Motorhaube geöffnet und ist das Fahrzeug fahrbereit? –
Vielleicht hätten Sie die Freundlichkeit, für die Beantwortung meiner Frage ein paar Worte mehr zu verwenden. Sie können aber auch die Beantwortung verweigern. Dann bin ich in einer Stunde wieder hier, zusätzlich kommt noch ein Dienstwagen mit Hamburger Kennzeichen und es

werden aber gewiss noch weitere Fragen gestellt. Also bitte, Herr Hagen!"

„Ist doch gut. Der ‚180er' hat Getriebeschaden und ich warte, dass ich vom Ersatzteilhandel den fehlenden Synchronring bekomme, damit die Kiste wieder flottgemacht werden kann. Der steht inzwischen schon 14 Tage so da und es lohnt sich nicht, das kaputte Getriebe nur vorübergehend einzubauen, damit er aus der Halle kommt. Also bleibt er aufgebockt und blockiert einen Arbeitsplatz. - Sonst noch Fragen?"

„Danke für Ihr Entgegenkommen, Sie haben alle meine Fragen beantwortet. Guten Tag, Herr Hagen"

waren die Abschiedsworte. Damit fuhr er vom Hof und suchte die nächste Haltebucht, um in Ruhe nach dem heute letzten zu befragenden Halter zu suchen. Diesen fand er in der Ohlsdorfer Straße. Das kleine Einfamilienhaus des Versicherungsmaklers Hannes Zander befand sich in der Nähe des Planetariums. Das traf sich gut. So hatte er noch die Chance, nach dem Gespräch das Hamburger Planetarium zu besichtigen, gewissermaßen als außerplanmäßige, dienstliche Fortbildung. Schließlich ist es für einen Polizisten auch wichtig, zu wissen, wie die Sterne stehen.

Er öffnete das Gartentor und ging auf die Haustür zu. Weil an der Pforte kein Klingelknopf angebracht war, konnte er sein Kommen nicht ankündigen und so war das Betreten des fremden Grundstücks legitim. Aber an der Hauseingangstür waren gleich drei Klingelschilder angebracht mit zugehörenden Knöpfen:

Familie Hannes Zander
Versicherungsagentur Zander
Claudia Zander.

Kommissar Altmann betätigte zielgerichtet den oberen Knopf. Da hörte er durch die geschlossene Tür schnelle Tritte, als käme jemand eine Treppe herunter und schon riss ein Mädchen die Tür auf. Es machte ein betont freudiges Gesicht, da es seinen Freund erwartete. Als es aber den Polizisten sah, verfinsterten sich die Gesichtszüge von Claudia und sie brachte nur heraus:

„Ist etwas mit Jo?"

Kommissar Altmann kombinierte sofort: Claudia ist die Tochter, sie wartet auf ihren Freund. Der Freund verspätet sich, vielleicht fährt er ein Moped und hatte einen Unfall?

Mitten hinein in seine Vermutungen erschien ein Herr, der die Tochter vorsichtig zur Seite und dafür sich in den Vordergrund schob:

„Was möchten Sie bei uns?",
kam als Frage vom Hausherrn.

Darauf Altmann:

„Guten Tag, Kriminalkommissar Altmann, Polizeirevier Staaken. Im Rahmen der Amtshilfe

– er hatte inzwischen dazugelernt – führen wir eine Befragung durch. Darf ich auch Ihnen einige Fragen zu Ihrem Pkw Mercedes stellen?"

„Aber natürlich, bitte fragen Sie!" war die Antwort des bereitwilligen Herrn Zander.

„Mir ist bekannt, dass Sie Halter eines schwarzen 180er-Mercedes sind. Wo befindet sich das Fahrzeug jetzt und wer benützt es außer Ihnen?"

Der Versicherungsagent kannte solche Fragespiele aus seiner beruflichen Arbeit und wurde konkret:
„Erstens: Ich bin der hauptsächliche Benutzer des Pkw. Gelegentlich darf auch Claudia damit fahren aber nur sie und nicht ihr temperamentvoller Freund.
Zweitens: Der Mercedes 180D steht in der Garage, hier neben dem Wohnhaus auf unserem Grundstück."

Nun bat Kommissar Altmann:
„Bitte öffnen Sie das Garagentor und auch das Auto, ich möchte kurz hineinsehen!"

Das Garagentor öffnete sich langsam und Herr Zander klickte auf den Autoschlüssel. Altmann trat an das Auto heran, öffnete die Fahrertür, setzte sich hinein und schaute in den Aschenbecher. Verschloss diesen wieder, stieg aus und sagte:
„Danke, Sie haben uns sehr geholfen und zu Ihrer Entlastung beigetragen."

Herr Zander wurde nun neugierig:

„Darf ich Sie fragen, warum Sie in das Auto eingestiegen sind und warum Sie in den Aschenbecher geschaut haben?"

Darauf der Kommissar:

„Natürlich dürfen Sie das fragen, aber ich darf nicht antworten! Besten Dank für Ihre Hilfe und ich wünsche Ihnen noch einen schönen Abend!"

Und nun ab zum Planetarium! Er stellte sein Fahrzeug auf den Parkplatz, verließ es aber noch nicht, weil er die Digitalisierung seines Polizeiwagens ausnutzte, um im Internet bei Wikipedia etwas zu diesem Gebäude zu erfahren:

Das Planetarium wurde 1930 im Hamburger Stadtpark in einen ehemaligen Wasserturm gebaut. Seitdem wurde es mehrfach auf den neuesten Stand der Technik gebracht; der letzte Umbau dauerte eineinhalb Jahre bis zur Wiedereröffnung Anfang 2017. In den folgenden zwölf Monaten kamen zu den 2361 Veranstaltungen 380.000 Besucher. Der alte Wasserturm mit dem Planetarium gilt als eines der Wahrzeichen des Bezirks Hamburg-Nord und des Stadtteils Winterhude.

Jetzt konnte er aussteigen und sich an der Kasse eine Eintrittskarte kaufen. Nun begab er sich in den großen Kuppelsaal und nahm ziemlich in der Mitte in einem der bequemen, dunkelrot bezogenen Sessel

Platz. Der Raum war nur schwach beleuchtet, damit man auch die kleineren Sterne gut wahrnehmen konnte. Nach einer kurzen Wartezeit hörte man über die Lautsprecher die Stimme eines Experten für Astronomie, der Interessantes zu erklären hatte. Kurz nach dem Beginn seines Vortrages verwies er auf ein Sternbild, das fast jedem bekannt ist oder besser gesagt bekannt sein sollte: der Große Wagen. Das Sternbild sieht tatsächlich so aus, wie ein Ackerwagen mit leicht gebogener Deichsel. Und weiter erklärte man den interessierten Besuchern des Planetariums:

„Wenn Sie den Abstand der beiden letzten Sterne des großen Wagens 7-mal verlängern, kommen Sie zum Polarstern, der den Nordpol des Himmels darstellt. Aber der Polarstern bleibt nicht ewig an dieser Stelle, denn der Nordpol wandert!"

Zunächst versuchte Klaus Altmann mit dem gleichzeitigen Blick auf seinen Daumen und die Projektion des großen Wagens an der Kuppel, zu prüfen, ob die siebenfache Verlängerung wirklich zum Nordpol führt. Ja, das stimmt aber die Aussage, dass der Polarstern nicht stillsteht, machte den Polizisten nachdenklich und er schlussfolgerte berufsbedingt, wie es sich für einen Ermittler gehörte: „Wenn der Nordpol wandert, dann wandert doch auch der Südpol und wo kommt der Westen plötzlich hin?"

Im Laufe des Vortrages erfuhr er von einem „Vermisstenfall" auf dem Firmament: Das sogenannte Siebengestirn hatte nur (noch) sechs Sterne. Von den sieben Schwestern war eine der ihren verschwunden. Keiner weiß wohin. Und zu allem Überfluss musste der Polizist aus Staaken auch noch erfahren, dass das Sternbild „Orion", was man im Winter gut sehen kann, im Sommer verschwindet und dann im Herbst wieder da ist.

Wie sich die Bilder gleichen: Auch bei uns verschwinden manches Mal Beweisstücke, die dann später wieder auftauchen, zumindest die meisten. Es ist sogar kürzlich eine ganze Familie verschwunden und von der ist bis jetzt noch keiner wieder da.

Jedenfalls war der Besuch des Hamburger Planetariums für den diensteifrigen Kriminalisten eine Bereicherung seines Allgemeinwissens.

Quer durch den Abendverkehr fuhr er zu seinem Hotel „Jupiter", aß in der Nähe noch Abendbrot und schlenderte dann durch das abendliche und turbulente Hamburg.

TAG 11:

Sein nächster Tag begann mit einem Frühstück und der Bezahlung des Hotelzimmers. Bevor er das Haus verließ, schaute er noch einmal auf die Liste, wen er heute zu befragen hatte. Drei zu besuchende Personen standen noch aus. Da nahm er sich gleich den ersten Namen vor und fuhr zu Herrn Jochen Gillisch nach Lottbek. Das war ein etwas weiterer Weg, doch es war einfach noch früh am Tag und ausgeruht schien Altmann auch zu sein.

Als er das Mehrfamilienhaus in Lottbek erreicht hatte, klingelte er bei Herrn Gillisch. Aus dem kleinen Lautsprecher, der oben auf dem Paneel der Wechselsprechanlage hinter zahlreichen Löchern verborgen lag, klang eine müde Stimme:
„Ja, was ist denn jetzt schon wieder los. Ich mache gleich auf, muss mir nur etwas anziehen!"

Dann schnarrte der elektrische Türöffner und Kommissar Altmann betrat den Hausflur. Eine halbe Treppe höher lugte durch eine spaltbreit geöffnete Tür ein junger Mann. Es sah aus, als blickte er ins Leere, aber er schwieg und wartete einfach ab.

„Kommissar Altmann, Kriminalpolizei Staaken. Sind Sie Herr Jochen Gillisch?"

„Na klaro, sonst ist hier keiner! Und was wollen Sie jetzt so früh von mir?"

„Ich möchte wissen, wo sich zurzeit Ihr Pkw Mercedes 180 D befindet!"

„Na, der muss doch draußen stehen, es sei denn, Dicki hat ihn noch nicht zurückgebracht."

„Das verwundert mich, dass Sie nicht wissen, wo Ihr Auto steht, denn Sie sind doch der eingetragene KFZ-Halter."

„Wieso wundert Sie das? Ich kann doch mein Auto leihen, wem ich möchte oder darf ich das nicht? Das geht doch wohl keinen etwas an, wer mit meiner Kiste herumkutscht. Auch die Polizei hat das nicht zu interessieren!"

„Herr Gillisch, Sie haben Recht, aber wir ermitteln in einem Kriminalfall und da dürfte es doch auch für Sie wichtig sein, dass wir feststellen, dass gegen Sie keine Verdachts- momente vorliegen. – Ich bin um 10:00 Uhr wieder hier und möchte dann den Wagen sehen. Andernfalls bekommen Sie eine Vorladung zu einer Hamburger Polizeibehörde. Also bis bald!"

Klaus Altmann fuhr weiter in Richtung Norden und wollte in einem kleinen Imbiss einen Kaffee trinken. Den Imbiss fand er schnell und die Tasse Kaffee auch! – Nach einer knappen halben Stunde fuhr er wieder zurück nach Lottbek.

Vor dem Haus stand der bewusste 180er, daneben Jochen Gillisch und eine kleine, gut ernährte junge Frau. Sie kam gleich auf den Kommissar zu, reichte ihm die Hand entgegen und sagte:

„Ich bin Dicki und hatte gestern Abend ein Date und da brauchte ich diese Knutschkugel."

Altmann antwortete:

„Guten Tag, Herr Gillisch, öffnen Sie bitte die Fahrertür, ich möchte nur in den Ascher schauen."

Der Aschenbecher war schon übergequollen und Altmann kippte den Inhalt in eine Plastiktüte.

„Danke und noch einen schönen Tag für Sie beide!", war sein Abschiedssatz. Gewiss wird der Inhalt, auch dieses Spurensicherungsbeutels bei Frau Dr. Such landen, aber ob darin Hinweise zu finden sind, das kann nur sie sagen. Aber Kandidat Nr. 5 war somit auch erledigt, korrekter gesagt, befragt.

Jetzt ging es zurück in einen anderen Ortsteil. Dort war der Arzt Dr. Eberhard Varus zu befragen. Kommissar Altmann stellte seinen Dienstwagen auf den gekennzeichneten Parkplatz der Arztpraxis und betrat das Wartezimmer, ging aber sofort weiter zu einer Arzthelferin, die hinter einem Tresen saß und bei der sich die Patienten anmelden sollten. So stand es auf einem Schild.

„Guten Tag, Kommissar Altmann, Kriminalpolizei, ich hätte gern Doktor Varus gesprochen!" stellte er sich vor. Darauf die Arzthelferin:

„Mein Herr, Sie sehen doch selbst, hier ist alles voll. Haben Sie denn eine Terminkarte?"

Altmann zeigte seinen Polizeiausweis und erwiderte kurz:

„Ja, das ist sie und die gilt überall in Deutschland und erfordert sofortige Erledigung des kriminalpolizeilichen Anliegens!"

Die Arzthelferin leicht schnippisch:
„Augenblick."

Doktor Varus öffnete die Tür seines Sprechzimmers, winkte Altmann hinein und fragte:
„Wie kann ich für Sie hilfreich sein?"

„Herr Doktor, wo kann ich einen Blick in Ihren Mercedes werfen?"

„Mein Mercedes steht hier in Sasel im Parkhaus, im Untergeschoss ziemlich hinten, da ich ihn nur selten benütze, Zeitmangel, Sie wissen doch! – Meine Sekretärin gibt Ihnen den Schlüssel, ich kann nicht mitkommen, aber ich glaube, Sie kommen dann allein zurecht und geben den Schlüssel am Empfangstresen wieder ab. Sollten Sie noch Fragen haben, bin ich gern für Sie da!"

Der Kommissar nahm den Schlüssel und fuhr in das nahe gelegene Parkhaus in Sasel. In der Ecke stand ein vollkommen eingestaubter Mercedes in einer intensiven grauen Färbung. Der eigentliche Lack war nur nach kräftigem Wischen als schwarz zu erkennen. Dass dieses Fahrzeug zu keiner vor kurzem stattgefundenen Straftat benutzt wurde, war offensichtlich. Ohne die Fahrertür zu öffnen, fuhr er zurück zur Arztpraxis, gab der Arzthelferin den Autoschlüssel und sagte: „Keine weiteren Fragen. - Guten Tag"!

Bald hatte er es geschafft und konnte in das beschauliche Staaken zurückkehren. Um das neue Befragungsziel zu erfahren, warf er einen letzten Blick auf seine Liste:

Dr. jur. Werner Frist, Anwaltskanzlei, in Hamburg, Ortsteil Sasel. Oh ja, das könnte interessant werden. Schnell hatte er auch dieses Ziel erreicht, stellte sein Fahrzeug auf dem Parkplatz der Anwaltskanzlei ab und begab sich in das Gebäude. Der Eingang wurde gebildet durch einen vollständig verglasten Vorbau, ähnlich wie ein Wintergarten. Darin saß ein junger Mann an einem Tresen. Weiter standen darin zwei runde, weiße, dreibeinige Tische mit jeweils drei ebenfalls weißen Stühlen. Auf jedem Tisch lag ein Schreibblock mit Kopfbögen, auf denen die Kontakt- daten der Anwaltskanzlei und deren Mitarbeiter verzeichnet waren und daneben ein schnurloses Telefon. Ein großer Monitor war an der Wand angebracht. Darauf lief eine Fotoshow mit außergewöhnlichen Motiven aus allen Teilen der Welt. Auf der rechten Seite hing eine Tafel, auf der alle Mitarbeiter mit einem Foto und ihren Aufgabengebieten vorgestellt wurden. Hier erkannte Altmann sofort den jungen Mann am Tresen.

Er trat an den Volontär heran und stellte sich vor:
„Kommissar Altman, Kriminalpolizei Staaken, ich möchte Dr. Frist sprechen".

Darauf der Volontär:
„In welcher Angelegenheit?"

„Wir suchen Zeugen in einem Verkehrsdelikt, das in unserem Amtsbereich mit einem Fahrzeug mit Hamburger Kennzeichen begangen wurde."

„Bitte nehmen Sie Platz, ich werde fragen, ob Herr Dr. Frist jetzt abkömmlich ist!"

Kommissar Altmann konnte mithören, dass der Volontär seinem Vorgesetzten alles wörtlich aufsagte, was er ihm vorher mitgeteilt hatte.

Mit einem freundlichen „Guten Tag" wurde Altmann jetzt von Dr. Frist willkommen geheißen:
„Bitte nehmen Sie Platz und sagen Sie mir, wie wir Ihnen helfen können".

„Um genau zu sein, kann uns nicht Ihre Kanzlei helfen, sondern Sie persönlich."

„Wie ich sehen kann, kommen Sie nicht aus Hamburg aber führen hier eine Zeugenbefragung durch. Auf welcher Basis erfolgt diese Handlung?"

„ Uns wurde von der ‚Oberen Polizeibehörde der Hansestadt Hamburg‘ dem Antrag auf Amtshilfe stattgegeben."

„Einen Moment bitte."

Dr. Frist griff zum Telefon, wählte eine längere Telefonnummer, die er im Kopf hatte und meldete sich:

„Moin Claas, hier ist ein Polizist von einem Polizeirevier aus einer Landgemeinde im Osten. Habt ihr denen Amtshilfe gewährt?"

Nach einer kurzen Pause meldete sich dieser Beamte, der mit Claas angesprochen wurde, wieder und bestätigte dem Juristen, dass man dem Polizeirevier Staaken in Hamburg Amtshilfe gewährt hat.

„Sie werden verstehen, dass wir uns als ordentlich praktizierende Kanzlei absichern müssen, ob Sie hier im Bundesland der Freien Hansestadt Hamburg ermitteln genauer gesagt Zeugen-befragungen durchführen dürfen. – Also da alles seine Berechtigung hat, stellen Sie Ihre Fragen!"

„Herr Doktor Frist, Sie sind als Halter eines schwarzen Pkw, Mercedes 180D eingetragen. Trifft das zu und wo kann ich mir das Fahrzeug ansehen?"

„Ja, ich bin der Halter des von Ihnen näher bezeichneten Fahrzeuges. Es steht in einer

Scheune bei einem Bauern, weil ich es fast nie und nur für besondere, meist familiäre Anlässe benütze."

„Es handelt sich also um ein selten gebrauchtes Fahrzeug, das nur Sie benutzen. Dennoch muss ich es mir ansehen. Sagen Sie mir bitte, wo und wie ich den selten gefahrenen Mercedes begutachten kann."

„Ja, natürlich können Sie, aber die Scheune dieses Bauern liegt nicht im Hamburger Umfeld, sondern etwa 40 km südöstlich von hier. Jedoch habe ich absolut keine Zeit für solche Touren, da ich von keiner Behörde bezahlt werde, sondern mein Geld durch eigene Arbeit selbst verdienen muss."

„Wie schön für Sie, finanziell unabhängig zu sein. Doch Sie müssen mich dorthin ja nicht begleiten, es reicht, wenn Sie mir für den Zeitraum der Inaugenscheinnahme den Fahrzeugschlüssel aushändigen, den ich Ihnen dann auch umgehend wieder zurückbringe."

„Also, mein lieber Herr Kommissar, das werde ich auf keinen Fall tun, zumal ich Sie persönlich nicht kenne und daher meine gesunde Skepsis nicht unangebracht erscheinen mag. Außerdem benötigen Sie keinen Schlüssel für das Auto, da dieses in der Scheune nicht abgeschlossen ist. Das unterlasse ich aus Sicherheitsgründen für den

Fall, dass das Fahrzeug wegen eines Brandes aus der Scheune herausgefahren werden muss."

„Gut Herr Dr. Frist, dann werde ich jetzt mit der Oberen Polizeibehörde in Hamburg sprechen und erklären, dass durch Sie die geduldete Befragungs-tätigkeit behindert wird."

„Aber nein, so war das doch nicht gemeint. Natürlich wollen wir Ihnen helfen, eben in dem uns zur Verfügung stehenden Rahmen!"

„Falsch! Ich betone zum wiederholten Mal, dass nicht Ihre Kanzlei befragt wird, sondern Sie höchst persönlich. Und wenn Sie belegbar keine Zeit haben, dann beurlauben Sie Ihren Volontär für einen Tag, damit er in seiner Freizeit für Sie persönlich tätig werden kann.

Damit kommen Sie dem polizeilichen Verlangen nach und haben keine arbeitsrechtlichen Anschuldigungen zu befürchten, einen Angestellten für private Belange eingesetzt zu haben."

„Respekt, Herr Polizeikommissar, ich wusste nicht, dass Polizisten aus der Provinz rechtlich so gut geschult sind."

„Das Wort ‚Provinz'
sollten Sie aus Ihrem aktiven Wortschatz unwiederbringlich streichen!"

Der Doktor ging zu dem Volontär, um ihm den neuen Sachverhalt klarzumachen. Dann kam er zu dem Polizisten zurück mit den Worten:

„Der Volontär ist derzeit nicht abkömmlich. Bitte kommen Sie in etwa zwei Stunden zurück, dann kann Herr Junge sie zur Scheune begleiten!"

Klaus Altmann nahm dieses zur Kenntnis und verließ die Kanzlei, um sich die nähere Umgebung anzusehen. Dieser Stadtteil zeichnete sich aus durch moderne Wohnhäuser, die durchweg einen sehr gepflegten Eindruck hinterließen. Die Vorgärten wurden, meist umsäumt von edlen Gartenzäunen und ausgestattet mit exklusiven Gartenmöbeln, teils zur Erholung, mehr jedoch zur Demonstration eines finanziellen Wohlstands. Nach diesem aufschlussreichen Spaziergang von guten zwei Stunden fand er sich wieder in der Anwaltskanzlei ein. Herr Junge kam ihm schon entgegen, ein kleines Schlüsselbund hielt er in der Hand. Ihm folgte der Dr. Frist und sagte:

„Das ist jetzt Amtshilfe, wie sie im Buche steht. Genießen Sie beide die Landluft und dann bis bald."

Altmann und der Volontär Klaus Junge bestiegen den Dienstwagen und fuhren los in südöstliche Richtung zu der besagten Scheune. Da man ihm keine Adresse, sondern nur den Volontär mitgegeben hatte, musste er sich auf dessen Angaben verlassen. Sie erreichten problemlos über verschiedene

Landstraßen und schließlich über einen Feldweg neben einer Ackerfläche die besagte Halle. Hierbei konnte das Polizeifahrzeug seine Geländegängigkeit beweisen. Sie stellten nach Empfehlung des Volontärs das Auto neben einem Seiteneingang ab und er schloss die Eingangstür zur Halle auf. Darin standen einige Maschinen für die Feldarbeit, zwei Traktoren unterschiedlicher Größe, diverse und überraschend viele Leitern und schließlich dazwischen ein schwarzer ‚180er Mercedes'. Für leicht ungewohnt empfand es der Kommissar, dass in einer scheinbar nur landwirtschaftlich genutzten Halle mehrere Stahlschränke und ein eingestaubter Tresor standen. Deshalb fragte er nach:

„Wieso stehen in einer Halle, die angeblich einem Bauern gehört, ein Geldschrank und einige Stahlschränke?"

Die Antwort kam prompt von Junge:

„Dieser Tresor war einst in unserer Kanzlei und weil ihn der Chef noch nicht wegwerfen wollte, ließ er ihn hierher bringen. Er zahlt dem Bauern auch eine vergleichsweise hohe Miete. Die Stahlschränke gehören uns nicht, die interessieren uns auch nicht."

Ob es dem Anwalt recht war, dass dieser letzte Satz ausgesprochen wurde, schien Altmann fragwürdig. Dieser sah sich erst einmal in der Halle um, ging an den großen Traktor heran, legte seine flache Hand kurz auf die Motorhaube, die sich gemäß der herrschenden Außentemperatur auch kalt anfühlte, ging einmal zum Mercedes und tat, als wollte er sich abstützen, um durch die Frontscheibe in das Auto zu schauen. Dabei legte er seine flache Hand auch auf die Motorhaube des Mercedes und empfand eine angenehme Handwärme. Dann ging er weiter um das Auto herum und wandte sich schließlich an Herrn Junge mit der Bitte:

„Würden Sie kurz die Fahrertür öffnen!"

Klaus Junge tat dies und beobachtete jede kleinste Bewegung, die der Kommissar machte. Als Altmann aber den Deckel des Aschenbechers aufschob, rief ihm der Volontär zu:

„Halt! Bitte unterlassen Sie jedwede Handlung, denn diese gehören nicht in den Bereich einer Befragung und in Augenscheinnahme eines fraglichen Tatgegenstandes. Außerdem bin ich dahingehend informiert worden, dass Ihnen eine Amtshilfe durch die Hamburger Polizeibehörde gewährt wurde. Doch hier befinden wir uns in Niedersachsen und dafür fehlen Ihnen alle Berechtigungen."

Kommissar Altmann dachte bei sich: „Der junge Volontär ist ja verdammt gut eingenordet und juristisch sauber informiert." Außerdem fragte er sich, warum ein Angestellter den Weg zum Abstellplatz des Privatfahrzeuges seines Vorgesetzten kannte. Musste er vielleicht öfter jemanden hierherfahren oder von hier abholen, außer dem Chef?

Leider war dem Kommissar es nicht mehr möglich gewesen, in den Ascher zu greifen, aber er hatte mit seinem polizeilich geschulten ‚Adlerauge' kurzzeitig einen Zigarrenstummel darin erkannt. Sofort dachte er an Frau Krause und ihren Ekel an „Tabakgestank", wie sie diesen bezeichnet hatte.

Er nahm die juristische Belehrung durch den Volontär zur Kenntnis und unterließ jede weitere Handlung. Stattdessen dankte er für die freundliche Navigation zum fraglichen Beweismittel und sie fuhren beide wieder zum Büro, wo er Klaus Junge mit einem Gruß und einem Dankeschön an Dr. Frist aussteigen ließ.

Unverzüglich trat Altmann seine Rückreise an mit einem leichten, hämischen Grinsen über den doch entdeckten Zigarrenstummel und den festgestellten Temperaturunterschied beider Motorhauben. Er war zwar stolz über die erfolgreiche Befragung und die gefundenen Hinweise, doch ihn plagte wie seine Kollegen in gleicher Weise, immer wieder die Frage: „Wo ist Mike und wo sind die Frauen?" Diese quälenden Gedanken ließen ihn sogar manches Mal im Schlaf wach werden. Aber er fand keine Antwort und leider auch keinen rechten Weg, der Klärung näher zu kommen.

TAG 12:

Alle Kollegen hatten sich wieder um 8:00 Uhr am Besprechungstisch niedergelassen und warteten auf ihren Chef. An jedem Platz stand bereits eine Kaffeetasse.

Oberkommissar Luchs betrat den Raum mit einem: „Einen guten Morgen allerseits und ganz besonders unserem Heimkehrer Kommissar Altmann! Bevor du uns deinen gewiss sehr interessanten Reisebericht vorträgst, möchte ich aufzählen, welchen Erkenntnisstand wir einschließlich der Funde am Tatort besitzen."

Luchs fasste das Tatwissen übersichtlich zusammen:

- „Von dem in der Vase gefundenen Zigarrenstummel ist inzwischen die DNA bestimmt und unter dem Decknamen ‚Schwarzer Ledermantel' in die Datenbank aufgenommen worden.

- Die Drohnenpiloten konnten nun das Datum und die genaue Uhrzeit angeben, wann vor dem Hause Nr. 18 in der Dorfstraße in Alhausen ein schwarzer oder dunkelblauer Mercedes 180 stand. Zur Auswertung und der Halterbefragung wird uns im Anschluss Klaus etwas sagen.

- Nach einem gemeldeten Brand fuhren wir zum Tatort, dessen Koordinaten bekannt sind und daher hier nicht nochmals genannt werden müssen.

- Am Tatort wurde eine verkohlte Leiche gefunden, die durch die KTU als die des vermissten Knut Petersen identifiziert werden konnte.

- Es wurden diverse Beweisstücke sichergestellt und identifiziert, z. B. Reste von Milchkartons, Käseschachteln, einige leere Wasserflaschen. Dass diese aus dem Hause Petersen stammten, belegte das Verfallsdatum auf einem Milchkarton. Außerdem fand man an einigen dieser Fundstücke die DNA von Anna Petersen.

- Besonderes Augenmerk fiel auf drei gefundene Tablettenschachteln. Die KTU teilte mit, dass es sich um eine größere Menge Schlaftabletten gehandelt hatte.

- Von der KTU wurde mir kürzlich noch ein Detail mitgeteilt, dass ein Kollege in einer Ecke des verkohlten Bauwagens nebeneinander drei kleine entleerte Benzinkanister gefunden hatte, deren Verschlüsse geöffnet waren. Die Benzinkanister gehörten wahrscheinlich den Forstarbeitern, weil sie mit Kettensägen gearbeitet haben.

Was schlussfolgern wir daraus?
Jörg, was meinst du?"

„Zumal wir wissen, dass Knut Petersen ein sehr gewissenhafter Mann gewesen war, ist zu vermuten, dass er das Benzin im Bauwagen ausgegossen und verteilt hatte. Dann stellte er die Kanister wieder ordentlich, wie es seine Art war, in die Ecke und entzündete dann das Benzin!"

Sofort wirft Kutzner ein:
„Nein, dann hätte er sich ja selbst bei lebendigem Leibe verbrannt. Ich glaube, dass er erst eine Menge Schlaftabletten genommen hatte. Danach goss er das Benzin überallhin, zündete eine Kerze an und schlief infolge der Tabletten ein. Als die Kerze so weit abgebrannt war, entzündete deren Flamme das Benzin und es begann zu brennen!"

„Sehr gut", meinte Fred Luchs, „aber wo ist Mike geblieben? Seine Leiche konnte im Bauwagen nicht gefunden werden, aber die Reste eines verkohlten Teddys. Er muss also einmal in dem Bauwagen gewesen sein und ist dann aber auf irgendeine Weise verschwunden. Vielleicht sogar mit seiner Mutter und der Schwester?"

Hier meldete sich Jürgen Klein zu Wort:
„Auf keinen Fall nimmt eine flüchtende Mutter ihr todkrankes Kind mit auf eine unbekannte Reise!"

Jetzt wieder Luchs:
„Nun mal langsam Jürgen, wir wissen doch gar nicht, ob die beiden Frauen geflüchtet sind oder zu einem uns noch unbekannten Ort gebracht wurden!"

Kommissar Klein konterte:

„Wir wissen von einem Drohanruf und dass unweit von dem Haus Petersen zumindest einmal dieser schwarze Mercedes gestanden hat, was den Frauen gewiss nicht entgangen ist. Denn wenn man sich bedroht fühlt, achtet man auf jede Kleinigkeit. Ich vermute, dass die beiden irgendwann irgendwohin geflohen sind!"

Wieder Böhme:

„Na gut, dann sind sie eben geflohen, aber das beantwortet nicht die Frage, wo Mike abgeblieben ist. Hier sollten wir ansetzen. Knut Petersen ist tot, Suizid ist anzunehmen, aber Mord nicht auszuschließen."

Fred Luchs:

„Ich halte es für die weiteren Ermittlungen für unwichtig, ob es ein Suizid war oder ein Mord in auswegloser Situation. Aber das bringt uns nicht weiter auf der Suche nach Menschen, die vielleicht noch leben und sich in größter Angst und Not befinden. Hier müssen wir ansetzen und intensiv weitersuchen.

Jörg, du fährst mit mir heute noch einmal zum Tatort, um die weitere Umgebung abzusuchen.

Jürgen, du besuchst unverhofft den Vater der vermissten Anna Petersen und stellst fest, ob dort eine Möglichkeit besteht, wo sich Mutter und Tochter aufhalten könnten."

Nun bot Luchs seinen Kollegen eine kleine Pause an, denn die Gemüter hatten sich ein wenig erhitzt. Man trank einen Kaffee und verständigte sich auf die Fortführung der Besprechung in 15 Minuten.

Fred Luchs bat Altman, als die kleine Pause vorbei war, seinen Bericht vorzulegen.

Dabei schilderte er das große Entgegenkommen, das er bei der Zulassungsstelle erfahren hatte. Es wurden nach interessanter Suche 7 KFZ-Halter eines dunkelblauen oder schwarzen Mercedes 180 ausfindig gemacht. Seine Aufgabe bestand nun darin, alle diese Halter persönlich aufzusuchen und zu bewerten, ob sie mit einer Straftat in Zusammenhang gebracht werden können. Das konnte er bei 5 von sieben Haltern höchstwahrscheinlich ausschließen. Die Details und Beweggründe für diese Einschätzung seien in seinem ausführlichen, schriftlichen Bericht enthalten.

Doch einige Ausführungen gab er dem Team vorab schon mündlich zur Kenntnis:

"Der junge Herr Gillisch kommt wie die fünf zuvor besuchten KFZ-Halter auch nicht in Betracht. Er verleiht zwar sein Auto, aber im Aschenbecher fand ich nur Kippen von Zigaretten. Der junge Mann gibt sich leichtfertig, doch kriminelle Handlungen traue ich ihm nicht zu.

Ganz anders sehe ich da den Dr. Frist, Leiter einer modern eingerichteten Anwaltskanzlei in dem Hamburger Stadtteil Sasel. Er gab zu, Halter eines schwarzen Mercedes 180 zu sein, den er aber nach eigenen Angaben kaum und nur als einziger benützt. Weil er mir gegenüber skeptisch war, rief er zunächst einen „Duzfreund" bei der Polizeibehörde in Hamburg an, ob man uns tatsächlich Amtshilfe gewährt hätte. Dies wurde ihm dann auch bestätigt. Sein Fahrzeug steht aber in der Halle eines Bauern, 40 km südöstlich von Hamburg in Niedersachsen. Als ich bat, mir das Fahrzeug anschauen zu dürfen, sagte er, dass weder er noch sein Volontär jetzt dazu die Zeit hätten. Ich möge in zwei Stunden wieder vorsprechen, dann würde der Volontär mit mir in diese Scheune fahren. – Dort stellte ich zunächst fest, dass die Motorhaube eines in der Halle stehenden Traktors entsprechend der herrschenden Außentemperatur relativ kalt war, die Motorhaube des Mercedes sich dagegen jedoch „handwarm" anfühlte. Das Fahrzeug musste also bis vor Kurzem in Betrieb gewesen sein. Vielleicht war die „Wartezeit" von zwei Stunden auch nötig, damit das Fahrzeug in die Scheune zurückgestellt werden konnte. Es wurde mir aber von dem Volontär untersagt, im Wagen den Aschenbecher zu öffnen. Da ich es aber schon versucht hatte, erblickte ich darin einen Stummel einer Zigarre. Dieser Herr Junge, so ist der Name des Volontärs, erklärte mir, dass sich die Halle in Niedersachsen befindet und wir für diesen Bereich keine

Befragungsautorität besitzen. Das nahm ich zur Kenntnis. Es fiel mir aber auch auf, dass in der Halle ein Tresor und einige Metallschränke standen.

Ich stellte fest, dass Dr. Frist nicht die Wahrheit gesagt hatte, denn der Wagen wird nicht nur von ihm, sondern auch von mindestens einer anderen Person benützt. Aus diesem Grund schlage ich vor, dass wir uns diese Halle in Niedersachsen einmal genauer ansehen, nachdem uns von Hannover eine Amtshilfe gewährt wurde."

„Danke Klaus für deine sorgfältige Arbeit und den Hinweis auf noch weitere Untersuchungen. Wir werden umgehend den Namen des Besitzers der Halle herausfinden und den Antrag auf Amtshilfe stellen. - Damit möchte ich unsere heutige Beratung zur SOKO Petersen beenden. Oliver du fährst mit mir noch einmal zum Tatort."

Nachdem sich die Mitarbeiter an ihre Arbeitsplätze begeben hatten, griff Jürgen Klein zum Telefon und rief Herrn Müther, Polizist im Ruhestand an. Er erklärte dem passionierten Hundeführer, dass er am nächsten Tag gern seine Dienste und besonders auch die seines Hundes in Anspruch nehmen würde. Herr Müther wurde schon öfter gerufen, wenn es um eine Spurensuche ging. Dann erledigte er diese Arbeit auf Honorarbasis. Einen eigenen Hundeführer konnte sich die Polizeidienststelle Staaken nicht leisten, zumal ein Bedarf zu selten war.

In seiner Freizeit trainierte der Ruheständler täglich mit seinem Hund, weil dieser die Fähigkeit der Fährtensuche nicht verlernen durfte.

Inzwischen hatte Kommissar Klein bereits bei der zuständigen Staatsanwaltschaft einen Hausdurchsuchungsbescheid für das Wohnhaus des Vaters von Anna Petersen bestellt.

Jetzt beschäftigte er sich aber vorsorglich mit dem Programm GOOGLE MAP, um die Umgebung des Wohnhauses genauer kennenzulernen. Aus dem Asservatenkeller hatte er sich schon eine Wolljacke von Frau Anna Petersen geben lassen, damit der Hund den Geruch aufnehmen konnte.

Die Kommissare Luchs und Kutzner fuhren noch einmal zum Tatort. Die Absperrbänder flatterten unversehrt im Wind. Es sah noch so aus, wie sie es verlassen hatten. Fred Luchs wurde das unsichere Gefühl nicht los, dass sie hier etwas übersehen hatten. Sie gingen weiter in Richtung des angrenzenden Waldes, der nur knapp einhundert Meter entfernt begann. Dort schoben sie vorsichtig die kleinen Äste des Unterholzes zur Seite. Vor ihnen lag in geringer Entfernung eine lichte Stelle, wo kein Unterholz mehr war. Luchs ging in gebückter Haltung, als würde er etwas auf dem Boden suchen. Plötzlich stand er vor einer kräftigen Fichte. Er schaute sich den Baum genau an, blicke nach oben in das Geäst, doch er sah nichts Ungewöhnliches. Erst als er um den Baum herumging, erblickte er auf dem Boden vor der Fichte ein kleines Holzkreuz, geschnitzt und nur knapp 20 cm hoch. In den Quersteg eingebrannt stand ein Wort: „MIKE". Kutzner trat zu ihm und beide schauten wortlos auf das kleine, liebevoll geschnitzte Holzkreuz. Für einige Sekunden schien der ganze Wald frostig und starr zu sein. Hier also hatte der Vater seinen kleinen, sterbenskranken Mike zur letzten Ruhe gebettet, bevor er selbst für immer gegangen war.

Fred Luchs rief Frau Dr. Such an und bat um Unterstützung. Dann setzten sich die beiden Polizisten stumm auf einen liegenden Baumstamm und hielten inne. Dieser Tatort ließ sie nicht los. Und schon wieder drängte sich die Frage auf:

„Wo ist seine Mutter? Wo seine große Schwester? Wissen sie vom Tod des Kindes und dem Ort seiner letzten Ruhe?" Die Stimme von Luchs durchbrach die drückende Stille: „Wir müssen sie finden, für welchen Preis auch immer, das schulden wir dem Kind!"

Da kamen auch schon die Mitarbeiter der KTU und fingen an, Fotos vom Grab mit dem Kreuz zu machen. Sie begannen ganz vorsichtig die Erde abzuheben und spürten das Holz eines Kistendeckels. Sie legten die gesamte Kiste frei, hoben sie aus dem Erdloch und stellten sie auf den weichen moosbewachsenen Waldboden. Behutsam wurde der Deckel abgenommen und sie erblickten den kleinen Körpern in ein weißes Tuch eingehüllt. Nachdem sie den Stoff vorsichtig auseinandergenommen hatten, sahen sie den kleinen, schmächtigen Leichnam. Alles Weitere verlief wie immer. Jetzt musste die Gerichtsmedizin tätig werden.

Die beiden Polizisten schoben mit ihren bloßen Händen die ausgehobene Erde wieder in das Erdloch.

Sachlich betrachtet, war ein weiterer Schritt in der Aufklärung dieses Vermisstenfalls getan. Beide fuhren schweigend zurück auf das Revier.

TAG 13

Um acht Uhr klingelte es an der Tür des Polizeireviers Staaken und Herr Müther wartete auf Einlass. Jürgen Klein begrüßte ihn, nahm seine Unterlagen in die Hand und beide verließen das Haus. Sie fuhren mit Müthers Auto, weil sich darin eine Hundebox befand. Nach einer längeren Fahrt standen sie beide mit Hündin „Senta" vor der Tür des Vaters in der Amselstraße 6 in Benzow. Kommissar Klein klingelte und Frau Garbe öffnete.

„Guten Morgen, ich bin Kommissar Klein vom Polizeirevier Staaken und das ist mein Kollege Müther mit der Hündin Senta. Frau Garbe wir haben eine Durchsuchungsanordnung von der Staatsanwaltschaft und würden uns gern bei Ihnen umsehen. Wir suchen noch immer nach Ihrer Tochter Anna und der Enkelin Jenny. Um auch nachweisen zu können, dass diese sich nicht bei Ihnen aufhalten, müssen wir uns leider selbst davon überzeugen. Bitte haben Sie dafür Verständnis, aber wir beide haben den Auftrag erhalten und müssen ihn ausführen."

„Na ja, wenn das so ist, dann sehen Sie sich ruhig alles an, aber bei uns sind die beiden nicht. Warum sollten sie sich auch verstecken, sie haben doch nichts verbrochen. Und wo sind Knut und der kleine Mike?"

„Wir dürfen darüber noch nicht sprechen, da das ganze Verfahren noch nicht abgeschlossen ist. – Können wir nun beginnen?"

Sie ließen Senta das ganze Haus und den Keller gründlichst durchsuchen. Alles war klar und übersichtlich aufgeräumt. Aber keine Spur war zu finden. Auch in den Gewächshäusern steckte Senta in jede Ecke ihre Schnüffelnase.

So verabschiedeten sie sich von den Garbers und klingelten in der Amselstraße an jeder Haustür und zeigten das Foto der Vermissten. Auch die anderen Häuser nahmen sie sich vor und konnten zufrieden feststellen, dass alle Bürger bereitwillig verschiedene Räume zeigten, ohne nach einer Durchsuchungsanordnung zu fragen. Schließlich waren Mutter und Tochter schon öfter hier gewesen und daher fast allen gut bekannt. Natürlich wussten bereits alle Dorfbewohner davon was sich in Alhausen ereignet hatte und wollten helfen, alles aufzuklären. Es wurde auch immer wieder die Frage gestellt, warum sich die beiden verstecken sollten. Aber der Tag brachte keinen Hinweis auf die beiden Personen.

Etwas betrübt über den ausgebliebenen Fahndungserfolg fuhren sie wieder zurück nach Staaken. Bevor Herr Müther sich mit seiner Hündin Senta in sein Privatleben zurückziehen konnte, machte er noch schnell im Büro von Jürgen Klein seine Honorarabrechnung fertig. Danach verschwanden die beiden.

TAG 14:

Der Polizeialltag begann wieder mit der um 8:00 Uhr angesetzten Beratung der SOKO Petersen. Wie immer eröffnete Fred Luchs die Besprechung:

„Guten Morgen, wir fassen als Erstes zusammen, was wir bis jetzt erreicht haben:

- Der Leichnam des vermissten Mike ist gestern in der Nähe des Tatortes in ein weißes Tuch eingepackt in einer Kiste gefunden worden, die in Tatortnähe eingegraben war. An der Fundstelle befand sich außerdem ein geschnitztes Kreuz mit der Aufschrift „MIKE". Wir nehmen an, dass Knut Petersen seinen Jungen „bestattet" hat. Inzwischen erhielt ich vom Gerichtsmediziner, Dr. Schleiff, die Nachricht, dass das Kind tatsächlich der vermisste Mike ist, der eines natürlichen Todes gestorben ist.

- Kommissar Klein hat gemeinsam mit dem Kommissar a. D. Müther bei den Eltern von Anna Petersen eine Durchsuchung des Hauses und der dazugehörigen Nebengebäude vorgenommen, die jedoch erfolglos blieb. Auch eine Befragung fast aller Dorfbewohner ergab keinen Anhaltspunkt für den Aufenthalt beider vermissten Personen.

- Da, wie bereits erwähnt, der Leichnam des Kindes gefunden worden ist, beschränkt sich unsere

Ermittlungstätigkeit nur noch auf das Auffinden der beiden weiblichen Personen.

- Die von Kommissar Altmann durchgeführten Halterbefragungen ergeben momentan die größten Aussichten auf einen Fahndungserfolg. Daher werden wir uns auf die Nachforschung in dieser Richtung konzentrieren. "

Nun wurde unter aktiver Beteiligung aller darüber beraten, wie man vorgehen könnte, die Männer mit den schwarzen Ledermänteln zu finden, da gegen sie ein Verdachtsmoment vorlag. Dabei betonte Oberkommissar Luchs:

„Wir müssen damit rechnen, dass wir mit dem Anwalt Dr. Frist einen Gegenspieler haben, der wahrscheinlich versuchen wird, unsere Ermittlungen zu behindern.

Es müssten alle und die besten uns zur Verfügung stehenden technischen Mittel eingesetzt werden, damit wir die vermeintlichen Tatbeteiligten überführen können. Ich habe da eine Idee, die ich noch konkretisieren muss, um sie Ihnen morgen zu präsentieren. – Aber für heute beendet die SOKO ihre Besprechung. – Ich danke euch!"

Während die übrigen Mitarbeiter an ihre Arbeitsplätze zurückkehrten, griff Fred Luchs zum Telefon und rief bei der KTU an:

„Hallo Frau Dr. Such. Sie hatten mir kürzlich in einem Gespräch davon berichtet, dass Sie einen jungen, talentierten Diplom-Ingenieur für Informatik eingestellt haben, der zusätzlich ein Elektronik-Studium absolviert hat. Vor uns liegt eine komplizierte Fahndungsaufgabe. Dafür benötigen wir technische Hilfe. Ich möchte mich gern mit diesem jungen Mann unterhalten. Könnten Sie ihn nicht einmal zu uns schicken, da haben wir Ruhe und Zeit alles zu besprechen."

„Gewiss, Herr Luchs, ich schicke Georg Techentin noch heute Nachmittag zu Ihnen.
‚Auf Wiederhören!"

Luchs war zufrieden mit der versprochenen Hilfestellung und überlegte sich nun die Details seiner Strategie. Dabei ergaben sich folgende Schwerpunkte:

1. Einholen der Adresse des Bauern, der die Halle vermietet.
2. Beantragung der Amtshilfe bei der Landes– Polizeibehörde in Hannover.
3. Einholen einer Durchsuchungsanordnung für die Halle.
4. Untersuchung des Mercedes 180 wegen einer möglichen Beweismittelvernichtung.
5. Untersuchung des Tresors und der anderen Schränke in der Halle.
6. Technisches Equipment für eine Online-Information an uns, wenn das Fahrzeug die Halle verlässt.

7. Technisches Equipment für eine GPS-Fahrzeug-Ortung mit Online-Information an uns, das aber über Funkwellen-Suchgeräte nicht erfasst werden kann und somit unerkannt bleibt.

8. Beantragung einer Telefonüberwachung der Anwaltskanzlei Dr. Frist bei der Landes-polizeibehörde HH.

Am Nachmittag um genau 14:00 meldete sich Herr Techentin in dem Polizeirevier bei Kommissar Klein und fragte nach einem Kommissar Luchs.

Jürgen Klein erklärte:

„Der Leiter unserer Polizeidienststelle ist Polizeioberkommissar Luchs, den ich sofort verständigen werde. Ich selbst bin Kommissar Klein."

„Guten Tag, Sie sind sicherlich der Dipl.-Ing. Techentin, der bei Frau Dr. Such in der KTU arbeitet."

„Ja, das bin ich!"

Nun wurde Luchs ganz konkret und holte dabei weit aus, um einen „Nicht-Polizisten" in den Kriminalfall richtig einzuweisen:

„Wir bearbeiten derzeit einen schwierigen Fall. Aufgrund einer sorgfältigen Vorarbeit konnten wir den Kreis der Tatverdächtigen stark einengen. Leider haben wir die vermissten Personen noch nicht gefunden, aber es gibt Anhaltspunkte für mögliche Verdächtigungen.

Wahrscheinlich haben wir es nicht nur mit einem Täter zu tun, sondern mit mehreren Beteiligten, die untereinander gut vernetzt sind.

Ich habe klare Vorstellungen, wie wir mit raffinierten technischen Mitteln erfolgreich werden könnten.

Zuerst benötigen wir eine getarnte Überwachungskamera, die über die Bewegungserkennung für eine gewisse Zeitdauer eingeschaltet wird und dabei die Bild- und Toninformation online an unsere Polizeidienststelle überträgt. Wichtig ist, dass die Einrichtung mindestens eine Woche funktionsfähig bleiben muss. Was können Sie dazu sagen?"

„Herr Luchs, es gibt zahlreiche solcher als ,Wildkamera' bezeichneten Aufnahmegeräte, die mit einer Infrarot-Lichtquelle ausgestattet und auch softwareseitig so gebaut sind, dass sie sich bei einer Bewegung von selbst einschalten. Die Stromversorgung erfolgt mit Batterien. – Eine Online-Übertragung kann nur über eine Internetverbindung erfolgen. Die Kamera müsste also zusätzlich ein entsprechendes Funkmodul mit SIM-Karte bekommen.

Ich meine, dass die von Ihnen gestellte Aufgabe mit unseren Mitteln in relativ kurzer Zeit zu lösen ist."

„Was bei Ihnen die Angabe ‚in relativ kurzer Zeit‘ bedeutet, besprechen wir am Ende, wenn ich ihnen alles gesagt habe, was wir noch benötigen. Aber es ist erfreulich, dass Sie es für durchführbar halten.

Nun zur nächsten Herausforderung:
Wir müssen die Möglichkeit haben, per online ständig zu erfahren, wo sich der Pkw befindet. Das dazu eingesetzte GPS-Gerät muss aber so beschaffen sein, dass es nicht entdeckt werden kann!“

„Hm, das ist eine interessante Aufgabe. Es sind zwar viele unterschiedliche GPS-Geräte im Handel erhältlich, die selbstverständlich die Position online übertragen, denn sonst wäre die Ortung vielfach sinnlos.

Aber von diesen Geräten geht immer ein Funksignal aus, das man mit entsprechenden Suchgeräten finden kann. Denn wenn kein Funksignal ausgesendet würde, was sollte dann online übermittelt werden?“

Jetzt bot Fred Luchs erst einmal einen Kaffee an. Beide gönnten sich damit eine Pause.

Als Luchs wieder einen Satz anfing mit: „Herr Techentin ...“, unterbrach ihn der Angesprochene und meinte:

„Sagen Sie einfach Schorsch, denn ich heiße Georg!"

Darauf erwiderte Luchs:

„Wir pflegen hier gern das ‚Hamburger ‚SIE' mit Vornamen und Sie als Anrede, damit wäre ich dann ‚Fred."

Schorsch antwortete kurz: „O. K. Fred" und schaute weiter an die Decke, als suche er da eine Lösung für das neue Problem.

Luchs wollte den Erfindergeist des jungen Dipl.-Ing. nicht auf falsche Fährten führen und hielt zweckmäßigerweise den Mund.

„Ja, ich denke, dass ich eine Lösungsvariante vor Augen habe! – Wir werden das GPS-Gerät so erweitern, dass es im richtigen Moment eingeschaltet wird, und zwar so: An das Gerät wird ein Laserpointer angesetzt, der auf das Hinterrad gerichtet ist und die Bewegung registriert. Damit lässt sich feststellen, ob das Auto stillsteht oder sich bewegt. Mit einer Frequenzbegrenzung ..."

„Danke, Schorsch, ersparen Sie mir die Feinheiten, ich habe begriffen. Wenn das Auto steht, sendet das GPS-Gerät nicht und sein Vorhandensein lässt sich nicht erfassen. Erst bei einer bestimmten Geschwindigkeit werden die Positionsdaten gesendet! Sehr, sehr gut! - Und jetzt kommt die Kardinalfrage von mir an Sie,

Schorsch: Wann können Sie uns mit dem gesamten Equipment versorgen? Dass Sie bei der Aktion vor Ort sein müssen, ist außer Frage!"

„Ich kann nur sagen, dass ich meinen Arbeitsaufwand ziemlich schnell bewältigen könnte. Das letzte Wort hat aber Frau Dr. Such."

„Danke Schorsch, dass Sie hier waren und ich werde mit Frau Dr. Such die Frage der Lieferzeit klären. Kommen Sie gut nach Hause!"

Herr Techentin hatte sich gerade von Fred verabschiedet, da stürzte Kommissar Klein in sein Büro, hielt ein Blatt Papier in der Hand mit dem Ausdruck einer E-Mail und sprach mit aufgeregter Stimme:

„Fred, soeben haben wir diese E-Mail von der KTU Schwerin erhalten mit folgendem Inhalt:

‚Geehrter Herr Kollege Luchs, im Rahmen einer Täterermittlung haben wir ein Kleidungsstück gefunden, das eine DNA Anhaftung besitzt. Sie haben bereits vor einigen Tagen diese DNA-Werte in die Datenbank aufgenommen und einer Jenny Petersen zugeordnet. Bitte um Rückmeldung, damit wir weitere Schritte unternehmen können. Mit freundlichem Gruß Oberkommissar Friedrich, KTU Schwerin'.

Was sollen wir jetzt tun?"

Alle Mitarbeiter des Polizeireviers standen urplötzlich um Fred Luchs herum und schwiegen sich gegenseitig an. Jetzt galt es, Ruhe zu bewahren, keine Information nach draußen zu geben und jede Antwort gut zu überlegen. Einen Augenblick später meinte Fred Luchs folgendes:

„Wir bitten die Schweriner Kollegen, uns Einzelheiten mitzuteilen, wie sie auf den Tatverdächtigen aufmerksam wurden und ob sie bereits eine Leiche finden konnten? Wenn ja, wo befindet sich der Fundort? Wo befand sich dieses Kleidungsstück und wie sieht es aus? Wir bitten um die Übersendung eines Fotos dieses Beweismittels. "

Nun wurde von allen, die noch immer in lockerer Runde im Kreis standen, gerätselt, wie ein Kleidungsstück mit der DNA von Jenny nach Crivitz kommen konnte? Sollte Jenny zufällig einem Serienmörder begegnet sein, der sie ebenfalls umgebracht hat? Und wo ist die Mutter? Die Fragen häuften sich und dabei kamen Zweifel auf, dass vielleicht die Russen oder Polen doch nichts mit dem Verschwinden der beiden weiblichen Personen zu tun hatten.

Fred Luchs lenkte ein und gab die Richtung vor:

„Bevor wir uns zu Spekulationen hinreißen lassen, schicken wir die oben erwähnten Fragen an die Schweriner Kollegen. Mit den Antworten können wir dann besser und sicherer unsere

Schlüsse ziehen. Jörg, bitte bereite eine entsprechende E-Mail vor."

Es dauerte nicht lange, da konnte Luchs die ausgearbeitete Mail zum Absenden freigeben.

TAG 15:

Dass sich die Mitarbeiter von Oberkommissar Luchs morgens um 8:00 zu einer SOKO-Beratung zusammenfinden, war inzwischen zur Routine geworden und begann wie jeden Tag mit einem: „Guten Morgen! Ich nehme an, dass noch keine Antwort von Schwerin eingetroffen ist." Dazu meldete sich Kommissar Klein:

„Nein Fred leider noch nicht. Aber wir haben eine E-Mail von Frau Dr. Such erhalten, in der sie sich auf das Gespräch zwischen dir und dem Dipl.-Ing. Techentin bezieht. Sie stellt Herrn Techentin frei, damit wir so schnell wie möglich das gewünschte Equipment erhalten. Außerdem haben wir überraschend kurzfristig die Befürwortung für eine Amtshilfe und einer Durchsuchungsanordnung für die Halle des Bauern von der Landespolizeibehörde in Hannover erhalten. Ich selbst habe Name und Anschrift des Bauern ausfindig gemacht."

Fred sagte kurz:

„Da wir noch keine Informationen von unseren Schweriner Kollegen bekommen haben, beenden wir unsere Beratung und setzen sie später fort."

Kurz vor Mittag kam schließlich eine ausführliche E-Mail an. Den Kollegen in Staaken wurde Folgendes übermittelt:

Die 18-jährige Monika T. verließ gegen 1:30 Uhr die Diskothek im Nachbardorf ihres Wohnortes Crivitz. Zeugen berichteten, dass ihr ein junger Mann gefolgt war, der 22-jährige Klaus Merser, ebenfalls wohnhaft im gleichen Dorf wie Monika T. Deren Eltern merkten erst am nächsten Morgen, dass ihr Bett unbenutzt war. Da ihre Freundinnen bestätigen konnten, dass sie die Disco gegen 1:30 Uhr verlassen hatte und offensichtlich nicht zu Hause angekommen war, gaben die Eltern bei der örtlichen Polizeidienststelle eine Vermisstenanzeige auf.

Aufgrund von Zeugenaussagen konnte der 22-jährige Klaus M. vorübergehend festgenommen werden. Er bestritt jedoch hartnäckig, etwas mit der Vermissten zu tun zu haben. Da keine ausreichenden Beweise vorlagen, musste er wieder freigelassen werden. Eine bei uns in Schwerin angeforderte Hundertschaft untersuchte das nahe dem Heimweg liegende kleine Waldstück gründlich ab. Dort fand man schließlich in einem Gebüsch und mit abgebrochenen Zweigen bedeckt den leblosen Körper von Monika T. Um ihren Hals war ein Schal geschlungen, mit dem sie erdrosselt worden war, wie die nachträglich durchgeführte Obduktion ergab. An diesem Schal befanden sich DNA-Spuren der Trägerin, ferner auch welche von Klaus M. Darüber hinaus wurden an dem Schal auch DNA-Spuren einer Jenny P. gefunden.

Die von Klaus Merser stammenden DNA-Spuren reichten aus, ihn in Haft zu nehmen. Trotz mehrerer Verhöre konnte es noch nicht gelingen, ihm einen weiteren Mord nachzuweisen. Er bestritt, die besagte Jenny P. zu kennen, als man ihm deren Foto vorlegte. Die DNA-Spuren an dem Schal, der bei der Leiche lag, verleiteten uns zu dem Schluss, dass es einen Zusammenhang zwischen beiden Fällen geben musste. Daher entschlossen wir uns, in einem weiter gezogenen Umkreis mit der Hundertschaft nochmals nach sterblichen Überresten zu suchen. Diese Aktion blieb jedoch bis jetzt ohne Erfolg.

Wir haben die Eltern von Monika T. befragt, ob sie diesen Schal kennen würden. Beide Elternteile versicherten aber, dass sie diesen Schal bei ihrer Tochter noch nie gesehen hatten.

Sehr geehrter Herr Kollege Luchs, da es offensichtlich wird, dass dieser Fall auch Sie betrifft, halten wir es für sinnvoll, dass Sie zu uns kommen, damit wir gemeinsam die Nachforschungen vorantreiben können. Wie denken Sie darüber?

Mit kollegialem Gruß Oberkommissar Friedrich."

Jetzt kam Fred wieder zu Wort:

„Das war definitiv sehr ausführlich dargestellt, was uns die Schweriner Kollegen geschickt haben. Ich bin aber auch der Meinung, dass beide Fälle in einem gewissen Zusammenhang stehen könnten, sodass ich nach Schwerin fahren werde, um gemeinsam mit den dortigen Kollegen zu versuchen, Licht in den Vermisstenfall zu bringen."

TAG 16:

Ort: Polizeikommissariat 4, Schwerin:

„Guten Tag, Oberkommissar Luchs von der Polizeidienststelle Staaken. Ich werde von Herrn Friedrich erwartet!"

„Herr Luchs. Es ist schön, dass Sie uns besuchen und wir gemeinsam einen Fall näher beleuchten wollen. Eigentlich sind es zwei Fälle, die möglicherweise miteinander verknüpft sind. Wir werden es herausfinden!"

Sie gingen gemeinsam in das geräumige Büro von Herrn Friedrich. Auf dem Tisch lag ausgebreitet eine Landkarte von Schwerin und Umgebung. Der Tatort war nach den ersten Ermittlungen auch der Fundort der Leiche, genauer gesagt nur in geringer Entfernung daneben in einem Gebüsch. Als man die Leiche gefunden hatte, war der Schal noch immer um ihren Hals gezogen. Luchs fragte den Kollegen Friedrich, ob er in einer weiteren Vernehmung des Tatverdächtigen diesem einige Fragen stellen dürfte. Zwar galt der Mord an Monika T. als gesichert nachgewiesen, doch ein Zusammenhang mit dem Verschwinden der Jenny P. konnte nicht ausgeschlossen werden.

Daher wandte sich nun Oberkommissar Luchs an den Tatverdächtigen, nachdem Herr Friedrich sein Einverständnis dazu erteilt hatte:

"Herr Merser, an der Leiche befand sich ein Schal, als diese aufgefunden wurde. Woher haben Sie diesen Schal?

„Weiß ich nicht!"

„Hatte das andere Mädchen, das Sie ebenfalls gewürgt haben, auch diesen Schal um?"

„Ich kenne kein anderes Mädchen!"

„War Monika Ihre Freundin?"

„Ja, klaro. Sie hat mich auch geliebt."

„Kannte denn Ihre Freundin Monika das andere Mädchen?"

„Was reden Sie denn da für Stuss, es gibt kein anderes Mädchen!"

„Wie ist ihr Verhältnis zu Ihren Eltern?"

„Na gut! Wie immer. Null problemo."

„Was sagten Ihre Eltern zu Ihrem Verhältnis mit Monika T."

„Nichts, was sollen die schon sagen."

„Herr Merser, wie können Sie uns erklären, dass auf dem Schal auch noch DNA-Spuren von einem anderen Mädchen gefunden wurden?"

„Wieso ich? Sie sind doch die Polizei! Das ist Ihr Job, den müssen Sie stemmen, nicht ich."

„Natürlich ist das unser Job und wir werden auch die Leiche des anderen Mädchens finden und Sie des zweifachen Mordes überführen. Ob Sie uns helfen oder schimpfen, das bringt Ihnen gar nichts. Wenn Sie aber den zweiten Mord eingestehen, kann es für Sie eine Hafterleichterung bringen. Denken Sie darüber nach. – Ich habe keine weiteren Fragen."

Damit wurde Herr Merser wieder zurück in seine Zelle gebracht. Beide Kommissare sahen ein, dass sie einen anderen Weg gehen müssten, um mehr über diesen Schal zu erfahren. Da kam Fred Luchs eine Idee:

„Herr Friedrich, Monika T. kam doch von einer Disco-Veranstaltung, als sie von Merser abgefangen wurde. Lassen Sie uns beide heute Abend in diese Disco gehen. Wir zeigen allen den Schal und befragen die Mädchen, ob jemand schon einmal diesen Schal gesehen hat."

Auch Herr Friedrich fand diese Idee gut und schon waren sich beide einig, zusammen im dienstlichen Auftrag die Dorfdisco zu besuchen.

Ein junger Mann, der an der Eingangstür stand, sorgte dafür, dass zu junge Personen nicht in den Disco-Genuss kommen konnten. Er war nicht wenig erstaunt, als plötzlich zwei Männer mittleren Alters hineinwollten. Luchs ging dann gleich auf den Discjockey zu, zeigte seinen Dienstausweis und sagte:

„Bitte unterbrechen Sie kurz die Musik, ich möchte nur eine Frage stellen, dann kann der Disco-Spaß weitergehen."

Die Musik stoppte abrupt und am Mikrofon stand der Kommissar und sagte:

„Liebe Disco-Besucher, ich will nicht stören, sondern nur eine Frage stellen. Ich bin Kriminalkommissar und möchte wissen, wem dieser Schal gehört oder wer ihn schon einmal bei jemanden gesehen hat."

Dabei hielt er den Schal mit der rechten Hand hoch und schaute in die Menge. – Ruhe. – Plotzlich rief ein Mädchen:

„Ich glaube, der gehört Lisa, die trägt öfter so alte Fummel, weil ihre Eltern schwach bei Kasse sind".

Der Kommissar machte den Platz wieder frei und die Musik konnte fortgesetzt werden. Er ging aber auf das Mädchen zu und bat sie, an den Rand der Tanzfläche zu kommen, um sich besser unterhalten zu können. Er fing an:

„Vielen Dank, dass Sie uns helfen möchten. Wer ist denn diese Lisa?"

„Lisa Merser ist eher ein ruhiges Mädchen und kleidet sich auch sehr unauffällig, da sie wenig Kohle hat. Sie wohnt im gleichen Dorf, wo wir alle herkommen zusammen mit ihrem Bruder Klaus bei ihren Eltern."

Das war schon ein guter Hinweis, der den kurzzeitigen Disco-Besuch rechtfertigte. Am folgenden Tag besuchten beide Kommissare Friedrich und Luchs das Elternhaus von Lisa Merser, um sie zu befragen. Da sie noch zu Hause war, konnte Kommissar Luchs gleich beginnen, nachdem sich beide Kommissare vorgestellt und ausgewiesen hatten:

„Frau Merser, wir haben erfahren, dass Sie diesen Schal kennen würden."

Herr Luchs holte den Schal aus seiner Aktentasche und legte ihn vor Lisa auf den Tisch. Ganz erstaunt sagte jetzt Lisa:

„Da ist er ja, den habe ich schon vermisst. Wo haben Sie ihn denn gefunden?"

„Das erzählen wir Ihnen gleich, doch wo und wann haben Sie diesen Schal gekauft?"

Jetzt Lisa:

„Gekauft ist gut. Den habe ich vom DRK bekommen, sogar umsonst. Das ist gerade erst so ein bis zwei Wochen her."

Jetzt wunderten sich beide Kommissare und wollten es nun genau wissen: „Wie kommt das DRK zu diesem Schal?"

Lisa erklärte es den Herren:

„Vom DRK fährt alle Monate ein Lkw über Land in verschiedene Dörfer und macht eine ‚Altkleidersammlung'. Manchmal fahren sie auch weiter weg, weil sie hier schon alles abgegrast haben. Mehr weiß ich aber auch nicht."

„Danke Lisa, Sie haben uns sehr geholfen", verabschiedeten sich und fuhren zurück auf die Schweriner Dienststelle. Dort fanden zum wiederholten Male lange Gespräche statt, an denen auch noch andere Kriminalbeamte beteiligt waren. Kommissar Friedrich sah sich nun in der Pflicht, eine Theorie vorzustellen:

„Der Tatverdächtige hatte seiner Schwester den Schal entwendet und damit Monika T. erwürgt. Absichtlich ließ er den Schal bei der Leiche, da er wusste, dass der Schal aus einer Kleider- sammlung gekommen war. Er nahm also richtig an, dass darauf viele verschiedene Fingerabdrücke genauer gesagt DNA-Spuren vorhanden sind, sodass man ihn nicht allein als Täter beschuldigen konnte. Es ist damit aber nicht bewiesen, dass er Jenny nie gesehen oder nicht umgebracht hat."

Eine erneute Spurensuche der Hundertschaft brachte auch kein Ergebnis. Die Frage, wo sich Jenny und ihrer Mutter befanden, war noch immer unbeantwortet. Unzufrieden mit dieser Erkenntnis verabschiedete sich Kommissar Luchs.

Der folgende Sonntag gibt dem gestressten Kommissar ein bisschen Ruhe, um die nächste Woche wieder kraftvoll beginnen zu können.

TAG 18:

Oberkommissar Luchs ist wieder auf seiner Polizeistation eingetroffen und beginnt wie üblich mit der Beratung der SOKO:

„Guten Tag! Ich möchte euch zuerst mitteilen, was ich bei den Schweriner Kollegen erfahren habe. Der dortige Leichenfund steht in keinem Zusammenhang mit unserem Vermisstenfall. Die aufgefundenen DNA-Spuren befanden sich an einem Schal, den die vorherige Besitzerin beim DRK erworben hatte. Dieser Schal stammte aus einer Altkleidersammlung, die in einem größeren Umkreis stattgefunden hatte. Wir nehmen an, dass das Sammelfahrzeug auch in Alhausen gewesen ist und der Schal der Familie Petersen gehörte. Ich habe ein Foto von dem Schal mitgebracht und bitte dich, Jörg noch einmal Kontakt zu Jennys Freundin Ella aufzunehmen. Vielleicht kann sie uns sagen, ob es sich um ein Kleidungsstück von Jenny handelt.

Wir sollten uns nun auf die Inspektion der Halle konzentrieren, wo unter anderem auch der schwarze Mercedes steht. Da du die Halle bereits kennst, Klaus, führst du gemeinsam mit Georg Techentin die Untersuchungen durch. Außerdem bringst du oder Schorsch die Kamera an einem geeigneten Platz an. Bitte informiere Georg Techentin, wann ihr dorthin fahren werdet. Soweit zu unserem Vermisstenfall.“

Jörg Böhme schaute bereits etwas kritisch, als sein Chef über die Aktion „Halle" sprach und machte dazu eine Bemerkung:

„Was soll es eigentlich bringen, wenn wir die Russen oder Polen verfolgen, wenn sie mit dem Mercedes wegfahren? Wenn sie die Frauen umgebracht haben, dann fahren sie gewiss nicht wieder dorthin, wo sie die Leichen abgelegt hatten. Warum sollten sie das tun?

Wenn sie aber die beiden gefangen halten würden, dann hätten sie doch längst eine Lösegeldforderung gestellt! Warum sollten sie auf ein Lösegeld verzichten?

Nun bleibt ansonsten nur die dritte Variante, dass diese Ausländer nichts mit dem Verschwinden der beiden zu tun haben. Warum interessieren sie uns dann noch?"

Dazu musste sich natürlich Fred Luchs äußern, denn aufgrund seiner Initiative wurde die ganze Aktion mit Georg Techentin eingeleitet und umfangreiches Equipment hergestellt:

„Jörg danke für deine kritischen Überlegungen, denen ich nicht ganz widersprechen kann. Du stellst zwar interessante Schlussfolgerungen an, doch wir sollten nach meiner Meinung diese beiden Ausländer nicht vollständig ignorieren. Es kann doch sein, dass sie Mutter und Tochter an einem unbekannten Ort versteckt halten und bisher nicht wissen, an wen sie eine lukrative Lösegeldforderung stellen sollen. Sie haben, wie man so sagt, zwei Fische an der Angel, die sie nicht zurück ins Wasser werfen wollen', weil sie sich noch einen guten Erlös versprechen.

Aus diesem Grund bin ich sehr dafür, dass wir diese Aktion „Halle" durchführen. Sobald wir von Techentin eine Mitteilung über die Fertigstellung des Equipments erhalten, fahrt ihr hin. Gedulden wir uns noch diese zehn Tage.

TAG 28:

Inzwischen waren zehn Tage vergangen, die Techentin benötigt hatte, um die kriminaltechnische Ausrüstung zu bauen. Kurz nach dem Mittagessen rief Georg Techentin in Staaken an, dass er heute Nachmittag gegen 14:00 Uhr dort sein würde.

Pünktlich stand Schorsch im Büro und Klaus Altmann griff nun nach seiner Aktentasche, in die er unter anderem auch die Durchsuchungs-anordnung eingesteckt hatte.

Mit seinem Dienstwagen fuhren die Ermittler los in Richtung dieser Halle. Nach einer längeren Fahrt hatten sie das erste Etappenziel erreicht, denn sie standen vor einem einsamen Bauernhaus am Rande eines großen Waldgebietes. Vor seiner Hütte lag ein laut bellender Hund, der aber angekettet war. Er kündigte die unverhofften Besucher an. Vor dem rechten Fenster wurde eine Gardine zur Seite gezogen und eine ältere Frau schaute mit finsterem Blick die Fremden an. Ein großer und kräftiger Mann öffnete die Haustür. Er postierte sich breitbeinig mitten in den Türrahmen, als müsse er das Haus verteidigen. Die beiden Polizisten traten an ihn heran und stellten sich vor:

„Kommissar Altmann, Kriminalpolizei und das ist mein Kollege Techentin. Und Sie sind Herr Franz Krüger?"

„Ja, das bin ich. Und was wollen Sie hier bei mir?"

„Uns ist bekannt, dass Sie eine große Halle besitzen und teilweise vermietet haben. Ist das richtig?"

„Ja, das stimmt!"

„Wir haben hier eine Durchsuchungsanordnung für diese Halle und möchten uns gern darin umsehen. Bitte geben Sie uns die Schlüssel!"

„Wieso die Schlüssel, es gibt nur einen!"

„Und wie kommt der Mieter in die Halle, wenn es nur einen Schlüssel gibt?"

„Der meldet sich bei mir!"

„Herr Krüger, das stimmt nicht. Es wäre für Sie besser, uns die Wahrheit zu sagen, sonst kommen Sie wegen bewusster Falschaussage in Verdacht. Dann sind wir gezwungen, auch in diesem Hause eine Durchsuchung vorzunehmen. Wir wissen, dass Dr. Frist unter anderem einen Schlüssel hat."

„Ach so an den hatte ich eben nicht gedacht! Elfriede, hol den Schlüssel her, den von der

Seitentür" rief er seiner Frau zu und Kommissar Altmann ergänzte:

„Und den Sicherheitsschlüssel von dem großen Hallentor bitte auch."

Mit den knappen Worten: „Da, bitte die Schlüssel" reichte er sie Techentin drehte sich um und verschwand im Haus.
Die beiden Beamten bestiegen wieder ihr Auto und freuten sich, dass Herr Krüger nicht mitgekommen war.

Nachdem sie den Weg durch den aufgeweichten Boden zur Scheune hinter sich gebracht hatten, stellten sie das Auto daneben ab, schlossen die Seitentür auf und betraten die große Halle. Nun nahm Klaus als Erstes die Gelegenheit wahr, in den Aschenbecher im Auto zu schauen. Das hatte beim vorangegangenen Besuch der Volontär verhindert. Tatsächlich befand sich der Zigarrenstummel noch darin. Er holte ihn mit spitzen Fingern als Beweismittel heraus und steckte ihn in ein Plastiktütchen. Routinemäßig öffnete er das Handschuhfach und fand darin neben anderem Kleinkram ein kleines Modellauto. Der ‚VW Passat' trug einen Schriftzug auf dem Dach: ‚CO_2 frei mit COEx.' Er tütete das Beweisstück ein und nahm es mit. Dann notierte er den Kilometerstand. Schorsch Techentin hatte schon versucht, den Panzerschrank zu entriegeln, aber der war verschlossen. Ihn gewaltsam zu öffnen, wäre ihnen ohnehin verboten gewesen, da der Tresor nach Aussage von Volontär Junge Eigentum des Dr. Frist war, und sie keine Durchsuchungsanordnung für dessen Eigentum besaßen. Dass Kommissar Altmann durch das „Betreten" des Mercedes trotzdem in das Eigentum von Dr. Frist eingedrungen ist, könnte man mit ‚Gefahr im Verzug' rechtfertigen.

Aber nun wandten sich beide dem ersten der drei Stahlschränke zu, die an einer Hallenwand hinter dem großen Traktor standen. Alle drei Schränke waren mit einem kompakten Vorhängeschloss mit 6-stelligem Zahlencode verschlossen. Mit dem mitgebrachten Bolzenschneider knackte er das Schloss. Als Schorsch dann den ersten Schrank öffnete, erstaunten beide. Sorgfältig aufgetürmt lagen darin 18 Beutel mit je einem Kilogramm eines weißen Pulvers.

Für beide Kenner der Drogenszene war klar, dass es sich um Rauschgift handelte. Die zwei anderen Schränke hatte Techentin auch noch geöffnet, doch diese waren leer. Bevor Altmann etwas anfasste, machte er einige Fotos zur Beweissicherung. Danach nahm er vorsichtig einen Beutel heraus, fügte diesem an der Unterseite mit seinem Taschenmesser einen kleinen Schnitt zu und ließ etwas von dem Pulver in seine kleine Plastiktüte rieseln. Dann legte er den Beutel wieder an die alte Stelle und nahm mit einem Zellstofftaschentuch noch die feinen Pulverreste auf, die danebengefallen waren.

In der Zwischenzeit hatte sich Schorsch schon auf den Boden gelegt, damit er unter dem Auto eine geeignete Stelle für das GPS-Gerät ausfindig machen konnte. Schnell hatte er einen passenden Platz gefunden und dieses Teil angebracht. Damit waren alle Handlungen in der Halle abgeschlossen, sodass man sich nun über den Standort der Wildkamera Gedanken machen konnte.

Da das Gebäude am Waldesrand stand, hatten sie eine große Auswahl von ‚Standort-Bäumen' zur Verfügung. Altmann brachte aus der Halle eine Leiter und Schorsch kletterte hinauf, um in etwa 4 m Höhe die Wildkamera an den Baum zu binden. Altmann wurde skeptisch, weil sich Schorsch einen Baum ausgesucht hatte, der gute 20 Meter von der Halle entfernt stand: „Schorsch, Sie sind mit der Kamera ziemlich weit weg von der Halle, reagiert denn der Bewegungsmelder noch bei dieser Entfernung?"

Schorsch kletterte nicht weiter, denn er musste dem Polizeikommissar etwas erklären:
„Klaus, die Kamera besitzt gar keinen Bewegungs-melder. Das funktioniert anders: Sie nimmt in schneller Folge einzelne Bilder auf, reiht sie aneinander, sodass ein kleines Video entsteht. Dabei vergleicht der eingebaute Computer jedes Bild mit dem vorigen. Wenn sich beide Bilder unterscheiden,

musste sich etwas bewegt oder verändert haben. Nur dann wird das Video aufgezeichnet und gesendet."

Schorsch kletterte nun weiter, während Klaus Altmann den technischen Vortrag erst einmal verdauen musste. Die Kamera hatte Techentin auf das Hallentor gerichtet. Sie bildete einen genügend großen Ausschnitt ab. Als er sie eingeschaltet hatte, blieb er noch einen Moment bei der Kamera. Klaus hatte inzwischen im Dienstwagen das Internet eingeschaltet und die Internetadresse für die Bildübertragung eingegeben. Einen kurzen Augenblick später konnte er sich und sein Fahrzeug sehen. Schorsch bekam ein „Daumen-hoch-Zeichen" und durfte absteigen. Nachdem sie die Leiter wieder an den alten Ort in der Halle zurückgestellt hatten, war alles erledigt. Sie verschlossen die Hallentür und versiegelten sie. Klaus sagte zu Schorsch: „Jetzt können Sie fahren, ich schaue mir das Video an."

Sie fuhren los, doch plötzlich sagte Altmann erstaunt zu Schorsch:
„Was ist jetzt? Der Bildschirm zeigt kein Bild mehr, es flimmert nur!"

„Das ist ganz normal, denn wenn sich nichts mehr bewegt, dann schaltet sich die Kamera nach 10 Sekunden aus und erst bei der nächsten Bewegung wieder ein, sonst wäre bald der Akku leer" war die Erklärung von Schorsch.

Gegen 17:00 waren sie wieder in Staaken und der Arbeitstag für beide vorüber.

TAG 29:

Bei der üblichen Beratung der SOKO musste Klaus Altmann von den gestrigen Arbeiten in der Halle berichten. Er gab seinen Kollegen zwei Internetadressen bekannt: Unter der ersten Adresse konnte man im Internet die Videos der Kamera betrachten, falls diese sendet. Über die zweite URL wurde auf dem Monitor des PC auf einer Karte ein Punkt gezeigt, der den momentanen Standort des Pkw markierte. Altmann hatte auf der Rückfahrt beide Tests durchgeführt.

Fred Luchs dankte Klaus für die gute Vorarbeit und nun war Warten angesagt. Er bestimmte, wer für welche Zeit den PC zu beobachten hatte.

Aber ein Gedanke ließ ihn nicht los:
„Nur zu warten, das genügt nicht. Ich bin höchst unzufrieden, dass wir nach mehr als vier Wochen keine Spur von der Mutter und ihrer Tochter gefunden haben. Wenn wir noch einmal die Dorfbewohner befragen, werden wir nur Ärger, aber keine neuen Erkenntnisse bekommen. Annas Eltern hinterließen auch nicht den Eindruck, dass sie die beiden versteckt hielten, denn dafür hätten sie keinen Grund. Was können wir noch tun?"

Es herrschte eisernes Schweigen im Raum, als fühle sich jeder Einzelne dafür verantwortlich, dass sie noch keine verwertbare Spur aufzuweisen hatten. In diese Stille hinein meldete sich schließlich der Oberkommissar zu Wort und begann zu erzählen:

„Ich erinnere mich, dass ich früher in meiner alten Dienststelle einen Kollegen hatte, der aus Göteborg kam. Es war ein ruhiger Schwede, der in Deutschland eine Frau kennengelernt und später auch geheiratet hatte. Ich habe noch im Gedächtnis, dass er zuweilen sehr eigenartige Ermittlungsmethoden an den Tag brachte. Vielleicht hätte er auch für unseren Fall eine ausgefallene Idee. Es schadet doch nicht, wenn ich ihn einfach einmal anrufe, sein Name ist Nils Karlson."

Fred ging zum Telefon, suchte in seinem kleinen, handgeschriebenen Adressbuch nach „Karlson" und fand tatsächlich eine Rufnummer. Demnach wohnte er noch immer in Magdeburg."

Nun wählte er die gefundene Nummer und alle lauschten mit, denn Luchs hatte das Telefon auf „MITHÖREN" gestellt. Nach mehreren Rufzeichen meldete sich eine junge Stimme: „Peter Karlson."

Darauf antwortete Luchs:

„Hier spricht Fred Luchs, ich möchte gern Nils Karlson sprechen!"

Da bekam er zur Antwort:

„Und hier ist nur sein Sohn. Meine Eltern sind in unser Wochenendhaus nach Schweden gefahren, das steht in Kungshamn. Ich wollte hierbleiben, weil ich dort keine Freunde habe und es ist zu langweilig für mich."

„Und wann kommen deine Eltern zurück?", wollte Luchs jetzt wissen. Darauf Nils:

„In genau fünf Tagen sind sie wieder hier. Soll ich meinem Vater etwas ausrichten?"

„Danke, das ist nicht nötig. Bestelle ihm einen schönen Gruß von seinem ehemaligen Kollegen Fred Luchs! Auf Wiederhören."

Das war alles, was er Luchs noch sagte. Sein Team musste sich also damit abfinden, wieder zu warten, doch nur fünf Tage. Inzwischen wurden andere Aufgaben erledigt.

Noch am selben Tag schickte er den kleinen, eingetüteten ‚VW Passat' an die KTU zu Frau Dr. Such, um eventuell vorhandene Fingerabdrücke zu finden.

TAG 30:

Es war Sonnabend und Oliver Kutzner hatte Bereitschaftsdienst. Daher wurden alle in der Polizeidienststelle eingehenden Anrufe zu ihm nach Hause umgeleitet. Sein PC war ohnehin immer eingeschaltet. Er hatte aber noch die URL, über die er den Pkw überwachen konnte, hinzugefügt.

Diese Adresse kannte sonst keiner, sodass ein fremder Zugriff höchst unwahrscheinlich war. Oliver hatte sich zum Schlafen auf das Sofa gelegt. Neben ihm lag das Telefon und vor ihm stand der PC. Kutzner war eingeschlafen. Es war schon nach Mitternacht, 1:23 Uhr. In diesem Moment ertönte kurz ein leises Rauschen aus seinem PC und auf dem Monitor erschien das Hallentor. Davor stand ein Pkw „GOLF". Langsam machte jemand von innen dessen Fahrertür auf und ein junger Mann stieg aus. Dann wurden auch die beiden rückwärtigen Türen geöffnet und zwei große Männer kamen zum Vorschein. Sie gingen um die Halle herum und verschwanden so aus dem Blickfeld des Camcorders. Der junge Mann stieg wieder ein und der Golf fuhr ebenfalls aus dem Aufnahmefeld der Kamera heraus, aber rückwärts.

Nach 10 Sekunden wurde Kutzners Monitor wieder dunkel. Erst jetzt begriff der noch etwas verschlafene Oliver, was er da gesehen hatte und griff sofort zum Telefon, um Fred Luchs zu informieren:

„Fred bei der Halle tut sich etwas. Eben sind zwei Männer angekommen."

„Ich fahre sofort in die Dienststelle und du bleibst so lange zu Hause und beobachtest deinen PC, bis ich angekommen bin. Dann kommst du nach. Es dürfen uns keine Informationen verloren gehen," war die schnelle Antwort des Oberkommissars.

Dieser informierte während seiner Fahrt zum Büro noch zwei weitere Kollegen und bat sie, dorthin zu kommen. Kurze Zeit später standen alle auf dem Revier vor dem PC und beobachteten aufmerksam, was der Monitor zeigte:

Langsam öffnete sich das Hallentor und der schwarze Mercedes kam rückwärts aus der Halle heraus. Da erblickte man im noch geöffneten Hallentor einen großen Mann mit Vollbart.

„Volltreffer!", sagte Klaus Altmann, „so wollten wir es haben!" - „Super," ergänzte Luchs. Dann verschloss der vollbärtige Mann von innen das Hallentor und erschien kurz darauf wieder im Bild, als er um die Ecke kam. Er ging zum Mercedes und stieg ein. Danach fuhr auch der Mercedes ein Stück rückwärts und verschwand aus dem Blickfeld. Wieder vergingen nur wenige Sekunden und der Bildschirm wurde dunkel. In der Zwischenzeit hatte aber Böhme den zweiten PC mit einem großen

Monitor eingeschaltet und die URL für die GPS-Ortung eingegeben. Noch war nichts zu sehen. Weil einige Kollegen fragwürdig auf den Monitor schauten, musste Klaus Altmann eine Erläuterung geben. Er hatte von Schorsch bereits Wichtiges gelernt:

„Da der Mercedes auf dem Acker und dem aufgeweichten Boden nur langsam fahren kann, schaltet sich die automatische GPS-Ortung noch nicht ein. Ihr werdet sehen, sobald das Fahrzeug auf dem Waldweg ist und der Fahrer die Geschwindigkeit erhöht …"

Weiter kam Altmann mit seiner technischen Erklärung nicht, denn schon war eine Landkarte auf dem Monitor zu sehen und ein kleiner roter Punkt bewegte sich. Im Polizeirevier war es mucks mäuschenstill geworden. Alle fokussierten ihren Blick auf diesen kleinen roten Punkt, der sich langsam bewegte. Da fühlte sich Jörg Böhme veranlasst, etwas zu sagen:

„Sollten wir nicht die Hamburger Kollegen informieren, was da unter Umständen auf sie zukommt?"

Sofort konterte Fred Luchs:

„Ja, das sollten wir, aber noch nicht jetzt. Immer noch ist der Mercedes in unserem Amtsbereich, da halten wir schön die Füße still!"

Der rote Punkt wanderte weiter und zeigte inzwischen eine Geschwindigkeit von 92 km/h an, wie auf dem unteren Rand der Karte zu lesen war. Auch konnte man die Koordinaten ablesen und die gefahrenen Kilometer. Die Spannung stieg und es begann ein halblautes Rätselraten vor dem Monitor, wohin die Ausfahrt wohl gehen würde.

Als nach etwa 15 Minuten das Fahrzeug den Amtsbereich Hamburg erreichte, griff Luchs zum Telefon und informierte mitten in der Nacht die Hamburger Kollegen von einer ungewöhnlichen Fahrt eines Mercedes:

„Guten Morgen, Fred Luchs, Polizeirevier Staaken. Wir verfolgen auf dem Monitor die Fahrt eines von uns als verdächtig eingestuften Pkw, der sich jetzt in Ihrem Amtsbereich befindet. Wir vermuten einen Drogentransport.

Wenn Sie es wünschen, gebe ich Ihnen die Internetadresse, damit Sie auf einem PC ebenfalls die Fahrt verfolgen können."

Während des Gespräches hatte der Diensthabende bereits einen internen Alarm ausgelöst, der auch den leitenden Ermittler Kommissar Claas Wendt erreichte, der sogleich Oberkommissar Luchs anrief:

„Guten Morgen Herr Luchs, nun kommen wir doch wieder zusammen. Wir hatten vor Kurzem ihren Antrag auf Amtshilfe stattgegeben und nun helfen Sie uns, ohne dass wir Sie darum bitten mussten. Ich sitze vor dem PC und sehe, wohin sich das Fahrzeug bewegt, es fährt in Richtung Harburg. Ich schicke sofort zwei Streifenwagen dorthin. Wir übernehmen jetzt die Fahndung und Sie können wieder ins Bett gehen. Morgen erfahren Sie von mir alles über den weiteren Fortgang."

Luchs wiederholte sinngemäß die Worte des Hamburger Ermittlers und richtete sie an seine Kollegen:

„Ihr habt heute Nacht einwandfreie Arbeit geleistet. Geht nun wieder nach Hause und genießt den Sonntag. Am Montag sehen wir uns in alter Frische wieder."

Auf einem Rastplatz südlich vor der Abfahrt Harburg stand ein 7,5 Tonner mit geschlossenem Kastenaufbau. Neben der Autobahn, etwas weiter von dieser entfernt hatten sich vor und hinter dem Rastplatz die beiden Einsatzfahrzeuge der Hamburger Polizei hingestellt. Ohne Licht und fast unsichtbar wartete man darauf, was nun passieren sollte. Auch in jedem Fahrzeug konnten sie den roten Punkt sehen, der die Position des Mercedes anzeigte. Dadurch wussten sie, dass er in wenigen Sekunden erscheinen würde. So war es auch. Der schwarze Mercedes verringerte die Geschwindigkeit, fuhr auf den Parkplatz und stellte sich unmittelbar neben den Lastkraftwagen. Der Motor wurde abgestellt und die Beifahrertür öffnete sich. Ein großer Mann mit Backenbart stieg aus und ging auf das Gebüsch zu, an das der Parkplatz grenzte. Er leuchtete die Umgebung ab, um sicher zu sein, dass sie nicht beobachtet wurden. Als er nichts Auffälliges bemerkt hatte, kam er wieder zurück. Dann klopfte der mit der flachen Hand auf das Dach des Pkw und die Fahrertür wurde lautlos geöffnet. Jetzt stieg auch der Mann mit dem Vollbart aus und ging an die Hecktür des Lastkraftwagen. Der andere Mann ging leise zum Fahrerhaus des Lkw und klopfte ebenfalls an die Tür. Der Fahrer stieg aus. Beide verschwanden nach hinten und ließen leise die Heckklappe des Lkw herunter.

Der Vollbärtige hatte die Kofferklappe des Mercedes bereits aufgemacht. Der Mann mit Backenbart trug jetzt einen Karton mit dem Aufdruck „CANON PRINTER" zum Mercedes und legte diesen vorsichtig in den Kofferraum. Dann ging er zum Lkw zurück und holte einen zweiten „Druckerkarton", um ihn auch in den Kofferraum des Mercedes zu stellen. Er schloss leise die Kofferklappe und öffnete die hintere Seitentür. Schließlich kam er mit einem dritten Karton und schob ihn auf den Rücksitz. Jetzt klappte der Fahrer die Ladebordwand des Lkw wieder hoch.

Alle diese Handlungen wurden von den Polizisten im Auto beobachtet und als Video aufgezeichnet. Dann verständigten sie die Besatzung des anderen Polizeiwagens und dieser fuhr nun mit Blaulicht zum Parkplatz. Inzwischen bewegte sich nichts mehr auf der Autobahn, da beide Spuren in weiter Entfernung abgesperrt worden waren. Dass sich eine Gruppe des Sondereinsatzkommandos hinter der gegenüberliegenden Fahrspur im Gebüsch versteckt hatte, war keinem aufgefallen, denn soweit hatte der Bärtige mit seiner Superleuchte doch nicht leuchten können. Die Beamten des SEK liefen mit vorgehaltenen Waffen über die Autobahn und rannten auf die Verdächtigen zu. Man hörte die energischen Stimmen rufen. „Halt; Polizei" und Hände hoch, Hands Up!". Jetzt war auch das erste Polizeifahrzeug zum Parkplatz gerast und hatte sich unmittelbar vor die Männer gestellt, sodass diese zurückzuckten. Die beiden bärtigen Männer und der Fahrer standen angelehnt und mit hochgehobenen Händen an den Lastkraftwagen angelehnt und rührten sich nicht. Sie sagten kein Wort. SEK-Beamte legten den drei Fremden Handschellen an. Andere Polizisten inspizierten das Lastauto und auch den Mercedes. Der Laderaum des Lkw war wie leer gefegt und im Fahrerhaus war außer einer Thermosflasche nichts zu entdecken, was nicht hingehörte. Im Mercedes fanden die Fahnder die großen Kartons, in denen eigentlich Drucker sein sollten. Aber das glaubte keiner, denn die Beamten vermuteten Drogen in den übergroßen Schachteln. Daneben lagen, offensichtlich in Eile hingeworfen, 18 Folienbeutel mit einem weißen Pulver.

Von zwei Polizisten wurde unter Begleitung eines Einsatzfahrzeuges der SEK der Mercedes samt seiner interessanten Ladung nach Hamburg zu jener Polizeidienststelle gefahren, die für Suchtdelikte zuständig war.

Die Autobahn wurde schließlich wieder freigegeben und der nun entleerte Lkw blieb herrenlos auf dem Parkplatz zurück.

Dann kehrte auch auf dem Hamburger Kommissariat wieder die nächtliche Ruhe ein.

TAG 33:

Montag Morgen 8:00 Uhr auf dem Polizeirevier Staaken im Beratungsraum. Der Chef begrüßte seine Mitarbeiter. In der Hand hielt er eine E-Mail, die er von den Hamburger Kollegen bekommen hatte. Darin wurde ausführlich geschildert, wie die weitere Verfolgung in der Nacht zum Sonntag abgelaufen war. Das berichtete er alles seinen Mitarbeitern, die daran interessiert waren, in welchem Maße ihre Arbeit zum Fahndungserfolg beigetragen hatte.

Dazu passte auch das folgende Telefongespräch:

„Moin Herr Luchs, hier ist Claas Wendt. Ich möchte Sie einladen, bei der Vernehmung der Tatverdächtigen zugegen zu sein. Diese findet heute um 14:00 statt. Sie kommen doch? Oder?"

Luchs ließ sich nicht lange bitten und sagte sofort zu: „Ja, ich komme selbstverständlich und werde pünktlich um 14:00 Uhr bei Ihnen sein!"

Darauf erwiderte Wendt:

„Wir haben zwei Tatverdächtige:

Igor Serajew, Russe mit einem Vollbart und

Wladimir Tschaisad, Russe mit einem Backenbart.

Beide können Sie separat bei uns vernehmen."

Da sich Fred noch etwas vorbereiten wollte, beendete er die heutige kurze Beratung. Trotzdem verteilte er noch einige Aufgaben.

Jürgen Klein erhielt einen interessanten Anruf von Frau Dr. Such, die ihm mitteilte, dass unter vielen anderen auch die DNA von Jenny auf dem Modellauto vorhanden war, das ihr kürzlich Klaus Altmann gebracht hatte. Weil Luchs dieses Modellauto für die Vernehmung unbedingt benötigte, schickte Fred seinen Kollegen Oliver nach Magdeburg zur KTU, um es abzuholen.

Fred Luchs wollte aber vor der Vernehmung noch wissen, wann der Mercedes durch die Drohne gesichtet und um welche Uhrzeit der Anruf auf dem Anrufbeantworter der Petersens aufgezeichnet wurde.

Schon bald hielt Fred Luchs das kleine Auto in den Händen. Es war ein Modell, bei dem sich auch die Räder drehen ließen. Dieses hatten sogar um die Felge einen dicken Gummiring, der einen Gummireifen darstellen sollte. Luchs schaute sich das Modell genau an, drehte es in seinen Händen hin und her und schließlich drückte er mit dem Daumen den „Reifen" eines Hinterrades zur Hälfte von der Felge. Nun konnte man dieses Rad nicht mehr drehen. Doch dieser beabsichtigte Fehler hatte einen Grund. Der schlaue Luchs hatte eine Idee.

Plötzlich schob man ihm einen Zettel zu, auf dem Folgendes notiert war:

Sichtung des Mercedes am 20.05.2020 um   7:42
Telefonanruf (AB)   am 20.05.2020 um 11:18.

Pünktlich um 14:00 Uhr meldete sich der Kommissar aus Staaken in dem Hamburger Polizeikommissariat bei Claas Wendt:

„Guten Tag, Herr Wendt, ich bin Fred Luchs aus Staaken. Wo findet die Vernehmung statt?"

Claas Wendt:

„Wir haben zwei Tatverdächtige, die wir abwechselnd vernehmen werden. Igor Serajew, das ist der mit dem Vollbart, sitzt schon im Zimmer 12 und der andere, Wladimir Tschaisad, mit dem Backenbart, kommt in das Zimmer 14. Wenn Sie mit Igor anfangen, kann ich mir den Waldimir in Zimmer 14 vornehmen."

Fred Luchs zeigte man das Zimmer 12, in das er sogleich betrat. Dort saß bereits der erste Verdächtige am Tisch und spielte gelangweilt mit seinen Fingern. Luchs setzte sich schweigend ihm gegenüber auf einen Stuhl und blickte Igor in die Augen, ohne ein Wort zusagen. Igor schaute ihn ebenso wortlos an. Nach gefühlten fünf Minuten begann Luchs:

„Ich bin Oberkommissar Luchs". Er griff in seine Tasche, holte das kleine Modellauto heraus, stellte es vor Igor auf den Tisch und fragte: „Kennen Sie das?"

„Nein!"

„Sie lügen! Auf dem Auto sind ihre Fingerabdrücke!"

„Habe vergessen!"

„Warum haben Sie das Auto kaputtgemacht?"

„War ich nicht! War schon immer so!"

„Sie lügen schon wieder. Wenn Sie das Auto nicht kennen, woher wissen Sie, dass es schon immer so war?"

„Weiß nicht!"

„Wo haben Sie das Mädchen versteckt, dem das Auto gehörte?"

„Kenne kein Mädchen!"

„Sie lügen schon wieder! Sie hatten angerufen und der Mutter gesagt, dass Sie das Mädchen haben!"

„Habe nicht angerufen!"

„Hat denn Wladimir angerufen, nun reden Sie schon!"

„Weiß ich nicht!

„Igor, hören Sie. Sie handeln mit Drogen, sogar mit viel Drogen. Dafür bekommen Sie eine hohe Strafe, aber für den Mord aus Habgier an dem

Mädchen bekommen Sie lebenslänglich. Wenn Sie uns sagen, wo wir das Mädchen finden, wird die Strafe kleiner."

„Nicht Habgier. Wir bekommen von Knut noch 100.000 Euro. Brauchen das Geld unbedingt."

„Habgier oder Schuld ist egal, aber wo ist das Mädchen?"

„Weiß nicht. Haben kein Mädchen. Kein Mord."

„Wir haben genügend Beweise, dass Sie das Mädchen kannten und es in ihrer Gewalt war. Dafür bekommen sie lebenslange Strafe, ob Sie jetzt reden oder nicht."

„Rede nicht."

Nach diesem erfolglosen Katze-und-Maus-Spiel hatte Fred Luchs genug, war leicht wütend und drückte kräftig auf den Klingelknopf.

Das war das Zeichen, dass er mit dem Verhör fertig war. Ein Polizist öffnete ihm die Tür und führte ihn in Zimmer 14, wo bereits Wladimir am Tisch saß. Fred Luchs wollte es nun auch versuchen, etwas aus ihm herauszubekommen.

Das Gespräch lief in ähnlicher Weise ab wie zuvor mit Igor. Auch Wladimir glänzte durch Schweigen und kurze Antworten. Es war den beiden nichts zu entlocken. Weder von dem Mädchen noch von der

Mutter wollten beide etwas gewusst oder gehört haben.

Als auch Claas Wendt das Verhör beendet hatte, gab er Kollegen Luchs das ausgeklügelte GPS-Gerät zurück und sprach seine Anerkennung für diese technische Raffinesse aus. Beide verabschiedeten sich voneinander und der unzufriedene Fred Luchs fuhr zurück nach Staaken.

Während dieser Fahrt dachte er an das eigenartige Verhalten beider Russen. Wer schweigt, kann auch nichts Verkehrtes sagen. Aber so richtig trauen wollte der den beiden nicht. Vielleicht haben sie sich an den beiden Frauen dafür gerächt, dass Knut nicht gezahlt hatte. Er überlegte, wo die Russen eventuell eine Leiche verstecken würden. Dabei fiel ihm nur die Umgebung der alleinstehenden Halle ein.

TAG 34:

Dem freundlichen Morgengruß von Fred Luchs folgte gleich die Einladung zur Beratung der SOKO. Jetzt berichtete er von dem in Hamburg stattgefundenen Verhören:

„Ich habe die beiden Russen separat vernommen, doch ohne Erfolg. Sie antworteten entweder gar nicht oder sie logen mich an. Es war beim besten Willen nicht möglich, Ihnen eine Information oder ein Geständnis zu entlocken. Russen sind eben hartnäckig und schweigen selbst bei schlimmster Strafandrohung oder bei den verlockendsten Angeboten.

Als möglichen Ort einen Toten verschwinden zu lassen, sehe ich den kleinen Platz hinter der Halle, wo der Bauer alte landwirtschaftliche Geräte abgestellt hat.

Klaus, du musst doch ohnehin noch einmal zur Halle fahren, um die Wildkamera wieder abzubauen und zurückzubringen. Kombiniere das doch bitte mit einer Schnüffeltour für Senta. Herr Müther macht da bestimmt gern mit. So braucht nicht wieder eine Hundertschaft anzurücken und den ganzen Acker umzugraben."

Klaus Altmann stimmte zu und damit konnte Fred Luchs die kürzeste aller SOKO-Beratungen beenden.

Schon nach einer halben Stunde standen Herr Müther und Senta auf dem Parkplatz vor der Dienststelle.

Klaus Altmann stieg zu Müther in dessen Auto und sie fuhren ab zur bekannten Halle. Dort angekommen, zeigte er Herrn Müther die zu untersuchende Fläche, auf die der Bauer einige rostige Ackergeräte abgestellt hatte. Altmann öffnete seine Aktentasche, holte wieder das Kleidungsstück als Riechprobe heraus und Senta durfte daran schnuppern, bis sie sich abwandte. Herr Müther ging jetzt mit der suchenden Senta streifenförmig wie ein Rasenmäher über dieses Gelände. Senta suchte sehr intensiv, blieb an manchen Stellen stehen und ging weiter.

Altmann öffnete das Siegel an der Tür und holte sich aus der Halle die Leiter. Nachdem er die Wildkamera wieder ausgeschaltet und sie sicher in das Auto gelegt hatte, brachte er die Leiter wieder zurück, verschloss und versiegelte die Hallentür. Senta bekam von ihrem Herrchen ein Leckerli, da sie fleißig gesucht, aber leider nichts gefunden hatte. Alle drei fuhren zurück nach Staaken und Klaus brachte keine neuen Erkenntnisse, sondern nur die Wildkamera mit. Herr Müther schrieb noch kurz seine Honorarrechnung und verabschiedete sich dann mit einem: „Bis bald, oder?"

TAG 35:

In aller Ratlosigkeit griff Luchs gleich nach seinem Dienstbeginn zum Telefon und versuchte, den Urlauber Karlson zu erreichen. Es könnte sein, dass er schon wieder zurück ist. Also wählte er die bekannte Nummer und wartete das Freizeichen ab. Da meldete sich eine Stimme:

„Hier ist Nils Karlson, wer möchte was von mir?"

Sofort erkannte Fred seinen humorvollen ehemaligen Kollegen wieder und antwortete:

„Hier ist Fred Luchs und der will etwas von dir, Nils."

Nun lachten erst einmal beide in ihr Telefon, bis dann ein Gespräch zustande kam und Karlson sagte:

„Wie kommt es denn, dass du mich anrufst? Habt ihr Probleme oder nur Langeweile?"

Dazu musste nun Fred Luchs etwas sagen:

„Nein, Nils, es ist nicht ganz so, wie sich das anhört. Wir quälen uns hier mit einem merkwürdigen Vermisstenfall herum, der uns Rätsel aufgibt. Alle haben schlaflose Nächte, aber wir kommen nicht weiter. Wie du selbst weißt, ist es in solchen Fällen oft so, dass man sich an einer Idee festbeißt und für alles andere blind wird. Den Punkt haben wir jetzt erreicht.

Da wäre es perfekt, wenn ein Außenstehender mit einer neuen Idee dazustoßen würde. Und dabei kam mir der scharfsinnige Nils in den Kopf. Wie denkst du darüber?"

„Ich habe nun genug Zeit gehabt, in schwedischer Gelassenheit den Alltag von Kungshamn zu genießen. Als ich alle Neuheiten über den Kleinstadttratsch erfahren hatte, reichte uns diese Auszeit und wir konnten wieder zurück nach Deutschland fahren. Jetzt wäre ich froh, wieder etwas Interessantes zu machen. Ich komme morgen zu euch und dann können wir alles in Ruhe besprechen."

TAG 36:

Das Team der SOKO traf sich im Beratungsraum und wartete auf den Chef, der pünktlich um 8:00 das Zimmer. Altmann berichtete von dem vergeblichen Versuch, an der Halle Spuren der Vermissten zu entdecken.
Die Wildkamera gab er zurück, denn die sollte wieder Herr Techentin bekommen.

Voller Hoffnung konnte Luchs einen alten Bekannten, den Kriminalkommissar Nils Karlson ankündigen.

Ganz unerwartet und abweichend von der üblichen Form, Beiträge in einer SOKO abzugeben, meldete sich Jürgen Klein zu Wort:
„Also, bitte aber nicht lachen, es ist tatsächlich so gewesen wie ich es jetzt sage. Heute Nacht habe ich noch einmal von der Hausdurchsuchung bei den Garbers geträumt, als auch Herr Müther und die Senta dabei waren."

Einige seiner Kollegen hielten sich die Hand vor den Mund, um die Faxen nicht zu zeigen, weil sie seine Darstellung nicht ernst nehmen konnten. Aber trotzdem fuhr er fort:
„Ich stand im Flur und sah auf der gegenüber-liegenden Wand ein Bild mit einer Holzhütte, die vor einem riesigen Felsen stand. Vor der Hütte

saß ein altes Ehepaar auf einer Bank. Es war nicht in Deutschland. Doch plötzlich war der Traum aus und ich kam langsam in die Gegenwart zurück!"

Jetzt Kutzner:

„Du willst doch nicht vielleicht jetzt zu den Garbers fahren und ihnen erzählen, dass du von ihnen geträumt hast und nun willst du nur einmal kurz nachschauen, was das für ein Bild ist?"

Dazu äußerte sich nun in ernster Form der erfahrene Fred Luchs:

„Also, nun mal langsam. Ich habe in einer wissenschaftlichen Arbeit eines Psychologen gelesen, dass ein Mensch unbewusst Informationen in seinem Unterbewusstsein abspeichern kann. Wie dann diese Informationen abgerufen werden können oder plötzlich gegenwärtig sind und im Bewusstsein auftauchen ist sehr unterschiedlich. Ich halte es für möglich, dass es dem Jürgen so ergangen ist."

Und wieder Kutzner:

„Soll er nun hinfahren und so tun als hätte er noch eine Frage?"

„Ja, ich möchte das!" bekräftigte Fred Luchs.

Da klopfte es an der Tür und nach einem freundlichen „Bitte" kam Nils Karlson in den Beratungsraum. Fred Luchs hieß ihn freundlich willkommen und lud ihn in sein Büro zu einem

Begrüßungskaffee ein. Selbstredend hatte ihn schon der aufmerksame Jürgen in Arbeit. Nach einem kurzen Gedankenaustausch über das familiäre und das berufliche Leben kam Fred auf den Punkt. Er schilderte alle Stufen ihrer Ermittlungsarbeit und gestand die spärlichen Erfolge ein. Nachdem er auch die Hausdurchsuchung und alle anderen Nachforschungen geschildert hatte, war Karlson in der Lage, sich ein Bild zu machen.

Er sagte:

„Wie sich das Geschehen für mich darstellt, halte ich es für denkbar, dass die beiden weiblichen Personen noch leben. Ich wüsste nicht, weshalb die Russen das Mädchen umbringen sollten und das Risiko eingehen, ermittelt zu werden, nur wegen dieser 100.000 Euro. Sie verdienen doch durch den Drogenhandel eine solche Summe in einer Stunde ohne zusätzliches Risiko!

Eine Erpressung entfällt, da sie genug Zeit gehabt hätten, eine Lösegeldforderung zu stellen.

Dass sie das Auto morgens dort in Alhausen abgestellt und gewartet hatten, war der Versuch, die Tochter zu erwischen, und die Eltern zu erpressen. Die waren zu spät dran, weil die Tochter schon früher mit dem Schulbus losgefahren war. Kurzum, ich halte die Russen für nicht tatverdächtig.

Wir sollten versuchen, herauszufinden, auf welchen Wegen die beiden Vermissten das Haus und das Dorf verlassen haben könnten."

Fred Luchs:
„Danke Nils, dass du uns deinen Standpunkt klar erläutert hast und ich stimme dir zu. Wir gehen zuerst einmal davon aus, dass sie öffentliche Straßen und Wege benutzt haben. Dazu fällt mir sofort nur die Kreisstraße ein, auf der Beschäftigte des FWW zu ihrer Arbeitsstelle fahren. Das ist das Fahrzeugwerk in Werthofen."

Nils ergänzte:
„Wir müssen vor allem an Schichtarbeiter denken. Wenn die beiden Frauen nicht gesehen werden wollten, haben sie wahrscheinlich die dunklen Stunden ausgenutzt, das heißt nachts oder früh morgens."

Fred Luchs zieht die Schlussfolgerung:
„Wir werden mit einer Fahrerüberprüfung um 4:00 Uhr beginnen. Ich werde diese Kontrolle in unserer übergeordneten Dienststelle in Magdeburg beantragen."

Hier meldete sich aber Oliver noch einmal zu Wort:
„Ich stimme Nils Karlsson nicht ganz zu. Wenn die beiden geflohen sind, so frage ich mich, warum sie nicht das Geld aus der Kassette und ihre Ausweise mitgenommen haben. Ohne die

kommen sie doch nicht weit. Und wenn sie es trotzdem geschafft hätten, in ein Ausland zu kommen, dann sind sie vollkommen mittellos.

Nach meiner Meinung wurden sie entführt oder bereits umgebracht."

Fred erwiderte:
Unabhängig von der Fahrerüberprüfung werden wir auch die Möglichkeit einer Entführung im Auge behalten.

Bevor sich Nils Karlson wieder verabschiedete, dankte ihm Fred noch einmal für seine Hilfe und Nils erwiderte:
„Da bin ich gespannt, ob dadurch neue Erkenntnisse oder Informationen gewonnen werden. Auf Wiedersehen."

Die Zustimmung für eine einwöchige durchgehende Fahrerbefragung durch zwei Polizeibeamte hatte Luchs bekommen. Sie wurde bereits ab dem nächsten Morgen von 4:00 bis 8:00 Uhr durchgeführt.

Inzwischen hatte Fred Luchs für Jürgen Klein einen erneuten Dienstreiseauftrag für eine Fahrt zu den Garbers unterschrieben. Er selbst war stark daran interessiert herauszufinden, ob es dieses Phänomen der unbewussten Speicherung eines Bildes im Unterbewusstsein tatsächlich geben konnte.

Klein begab sich also auf die Reise, dieses Mal aber nur mit dem Vorwand, das ehemalige Zimmer der Tochter Anna einmal kurz zu besichtigen.

Die Tage vergingen und die Fahrerkontrolle wurde täglich in diesem Zeitraum beharrlich fortgesetzt, obwohl sie bisher erfolglos war. Aber das ist oft bei fraglichen Ermittlungen der Fall.

TAG 37:

Jürgen Klein war inzwischen unterwegs zu der Familie Garber. Als er vor der Haustür stand, überkam ihn ein unsicheres Gefühl. Zum Schein interessierte er sich für Annas Zimmer, aber tatsächlich fand er es komisch, einen ‚Traum zu suchen'.

Frau Garber öffnete und schaute den Fremden erst einmal an, ohne etwas zu sagen. Da stellte sich aber schon Kriminalkommissar Klein vor und Frau Garber sagte dazu nur:

„Ach sind wir schon wieder verdächtig oder was suchen Sie denn noch?"

Jürgen Klein wollte seinen Aufenthalt nicht an der Haustür verbringen, sondern dieses belanglose Gespräch eher im Flur führen, damit er sich das ‚geträumte' Bild ansehen konnte und erklärte:

„Frau Garber, Sie sind auf keinen Fall verdächtig. Wir sind ehrlich gesagt mit unseren Ermittlungen ins Stocken gekommen. Wir wissen auch gar nicht so recht, wo wir ansetzen sollen, es ist alles noch sehr unklar!"

Klein sprach betont langsam, weil der dabei ständig seine Augen kreisen ließ, um dieses Bild zu entdecken. Oder war es eine Bewusstseinsstörung oder tatsächlich nur ein Wunschtraum?

Er ging so sehr in sich, dass Frau Garber fragen musste:

„Ist was? Was möchten Sie denn nun wirklich hier?"

Da antwortete er plötzlich wie aus dem Schlaf gerissen: „Kann ich bitte das ehemalige Zimmer von Anna sehen?"

„Ja natürlich, doch da ist allerhand Unordnung entstanden. Weil niemand mehr darin wohnt, wird es als Ablage benutzt!"

Klein ging trotzdem in das Zimmer und schaute sich den Krimskrams an. Er verließ das Zimmer nach kurzer Zeit wieder und stieg die Treppe hinab. Bevor sie sich wegen des kurzen Besuches wundern konnte, fragte er:
„Hing hier nicht einmal ein Bild oder haben Sie umgeräumt?"

Frau Garber antwortete:
„Ach so, Sie meinen eins dieser uralten Fotos, die keinen mehr interessieren. Wir haben die Wand neu tapeziert und ich habe einen kleinen Wandteppich mit Blumenmotiven dahin gehängt. Das gefällt auch meinem Mann viel besser."

„Und wo sind die alten Fotos jetzt?" fragte Klein.

„Ja, wo wohl? Auf dem Müll, bei dem Altpapier" entgegnete Frau Garber.

Er verabschiedete sich und beruhigte sie, indem er sagte:

„Das war gewiss der letzte Besuch von uns. Auf Wiedersehen!"

Klein setzte sich in seinen Dienstwagen und fuhr ab, aber in entgegengesetzte Richtung. Nun zeigte sich, dass nicht nur Müthers Senta eine gute Nase hatte, sondern auch Jürgen Klein. Er kam zu dem kleinen Platz, wo Altkleider- und Altpapiercontainer standen. Diesen nahm er sich vor und suchte hartnäckig nach seinem Traumbild. ‚Aufgeben' gehörte nicht zu seinen Charaktereigenschaften, denn er war ein zielstrebiger Mensch. Als er schließlich bis zu seinen Knien in dem durchsuchten Altpapier stand, lugte zwischen Werbeprospekten die Ecke eines altmodisch verschnörkelten Bilderrahmens hervor. Er zog das Bild aus dem ganzen Plunder heraus, nahm es fest in seine Hände und glaubte seinen Augen nicht zu trauen, dafür aber umso mehr seinem Unterbewusstsein! Ganz gemächlich setzte er sich in sein Auto, stellte eine leise Musik ein und tat so, als wäre es ein Kunstgenuss, dieses alte Bild anzuschauen.

Auf dem leicht verblichenen Foto sah er ein kleines Holzhaus, das vor einem hohen Felsen errichtet worden war. Davor standen zwei bereits etwas betagte Personen aber mit einem zufriedenen Lächeln im Gesicht, als wollten sie sagen: „Seht her, dies ist unser!" Neben dem Haus lagen kleine flache

Steine, durch Frost vom Berg abgesprengt. Auf der linken Bildseite war noch ein Neufundländer zu sehen, der es sich im Gras gemütlich gemacht hatte. An der Haustür konnte man undeutlich ein Namensschild ausmachen, worauf man keinen Namen erkennen konnte, zumal es fast vollständig durch die beiden Alten verdeckt wurde.

Als die leise Musik verstummte und ein Nachrichtensprecher die besinnliche Stille zerstörte, schaltete Klein das Radio aus und fuhr als ‚erfolgreicher Ermittler' zurück in Richtung Staaken. Aber schon nach wenigen Kilometern stoppte er seine Rückfahrt, wendete und fuhr noch einmal zu Garbers.

Als Frau Garber nach dem Klingeln die Tür öffnete, sagte sie verwundert:

„Sie sind ja doch wieder hier".

Klein antwortete sofort, wobei er ihr das Bild vor die Augen hielt:

„Ja, ich bin wieder hier und habe das Bild gefunden. Wer sind diese beiden Personen und wo wurde das Foto aufgenommen?"

Dazu entgegnete sie:

„Das weiß ich nicht, da muss ich meinen Mann fragen."

„Ja, bitte tun Sie das!"

Nach einem kurzen Augenblick erschien Herr Garber und sprach den Polizisten an:

„Sie kommen wohl zu gern hierher. Aber mit dem Bild verhält sich das so: Als ich aus dem Militär ausschied, habe ich dieses Haus und die kleine Gärtnerei von diesen beiden alten Leuten gekauft, weil sie aus Altersgründen aufhörten. Wir übernahmen einige Möbel und das Bild hing im Flur. Weil es nicht störte, ließen wir es also hängen, bis wir vor Kurzem den Flur neu tapeziert haben. Da warfen wir es in den Müll."

Nun wollte Klein mehr erfahren und fragte nach:

„Sind die alten Herrschaften noch im Dorf und wo kann ich sie finden?"

Auf diese Frage antwortete Garber schmunzelnd:

„Ja, die sind noch im Dorf, aber die werden ihnen nichts mehr sagen, die liegen nämlich beide auf dem Friedhof. Zu der Frage, wo das Bild aufgenommen wurde, kann ich Ihnen beim besten Willen auch nicht weiterhelfen. Ich weiß nur von einigen beiläufigen Erzählungen, dass die beiden gern im Norden Urlaub gemacht haben, in Dänemark, Schweden oder Norwegen."

Mit diesen Informationen zu dem Bild hatte Jürgen Klein nun genug erfahren und konnte sich endgültig verabschieden. Er setzte seine Rückreise fort und kam am späten Nachmittag nach Dienstschluss in Staaken an.

TAG 38:

Es ist Freitag, 3:50 Uhr und am Rand der Kreisstraße bereiten sich zwei Polizisten auf ihren vorletzten Einsatz vor. Sie hatten schon die vergangenen Tage hier gestanden und verschiedene Autos angehalten, um die Fahrer nach ihrem Fahrziel zu befragen und ob ihnen zwei Personen auf oder neben der Straße aufgefallen waren. Doch bei den geschätzt 700 befragten Kraftfahrern konnte ihnen keiner einen Hinweis geben. Aber diese diensteifrigen Polizisten ließen keinen Unmut aufkommen und wollten die Hoffnung nicht begraben. Da hörten sie aus der Ferne das Geräusch eines Motorrads, das wesentlich schneller unterwegs war als es die Polizei erlaubte, mit mehr als den gestatteten 100 km/h. Als es näher kam, hob einer von beiden die rot beleuchtete Kelle, um den rasanten Fahrer zu stoppen. Dieser hielt an und sein Seufzen war nicht zu überhören. Wer vermutet schon um 4 Uhr in der Frühe auf einer Kreisstraße eine Polizeikontrolle?

„Bitte stellen Sie den Motor ab und steigen Sie von der Maschine. Das war doch wohl etwas rasant! Haben Sie es denn so eilig?"

„Nein, sorry, ja, ich komme von meiner Freundin und muss noch kurz nach Hause mich umziehen und dann zum FWW zur Frühschicht. Tut mir leid! Wie viel muss ich nun löhnen?"

„Als Erstes versprechen Sie uns, dass Sie mit entsprechender Geschwindigkeit weiterfahren, denn Sie wollen doch Ihre Freundin noch öfter sehen und nicht, dass diese Sie im Krankenhaus besuchen muss! Klar?"

„Ja vollkommen klar passiert nie wieder!"

„Wir haben aber eine andere Frage: Wenn Sie öfter zu Ihrer Freundin fahren, benützen Sie dann immer diese Kreisstraße?"

„Ja, es ist der kürzeste Weg und auch der schnellste,   sorry der sicherste."

„Haben Sie bei einer Fahrt auf oder neben der Straße zwei Personen gesehen?"

„Nein nicht wirklich."

„Was soll das heißen? Waren es wirklich Personen oder nicht wirklich?"

„Also Herr Kommissar, wie ich es sage, es waren ‚nicht wirkliche' Personen."

„Also nun mal ernsthaft: Was sind für Sie ‚nicht wirkliche' Personen oder hatten Sie einen kleinen Alkoholrausch?

„Herr Kommissar, das waren zwei Gestalten. Eine kleinere und eine größere und die hatten beide einen Tierkopf. Ich winkte den irren Vögeln noch zu und da haben die auch zurückgewinkt. Da bin ich weitergefahren. Man hört doch heute so viel von Außerirdischen und Geschöpfen aus der Verschwörungstheorie. Die da oben sagen uns auch nicht alles."

„Also von uns hören Sie alles und das stimmt auch alles. Nun fahren Sie langsam weiter, sonst hören Sie noch einmal von uns, das ist dann aber ‚wirklich' und kostet Geld. "

Als der Kradfahrer am Horizont verschwunden war, sahen sich die beiden Ordnungshüter wortlos an und schüttelten ihre „menschlichen" Köpfe:
„Was der alles für einen Stuss erzählt hat, das können wir doch in keinen Bericht schreiben, die halten uns für komplett übergeschnappt."

Um 8:00 Uhr war ihre Fahrerbefragung für heute zu Ende. Auch der letzte Tag in ihrer Befragungswoche ergab keine weitere Personenbeschreibung, die den gesuchten Personen entsprochen hätte.

TAG 41:

Wie schon seit Tagen begann pünktlich um 8:00 Uhr die Beratung der SOKO, die Fred Luchs eröffnete:

„Guten Morgen allerseits. Wie ich sehe, ist unser ‚Psycho-Ermittler' wieder heil zurück-gekehrt. Nun warten wir gespannt auf seinen Bericht":

Alle Augen richteten sich auf Jürgen Klein:

„Ich bin also bei den Garbers gewesen und hatte ihnen erklärt, dass ich noch einmal zur Vertiefung unserer Ermittlungserkenntnisse das ehemalige Zimmer von der Tochter Anna sehen wollte. Dabei versuchte ich, die Begrüßung mit Frau Garber etwas auszudehnen, damit ich mir den Flur genau anschauen konnte. Aber da, wo ich im Traum das Bild gesehen hatte, hing ein Wandteppich."

Da vernahm man im Beratungszimmer ein leises Murmeln und verhaltenes Kichern, untermauert mit den Worten:

„Also nichts mit Unterbewusstsein und abgelegten Bildern!"

Klein ließ sich nicht beirren, denn er wusste genau, was noch kommen sollte und fuhr fort:

„Ich erklärte dann Frau Garber, dass ich mich erinnern konnte, dass an der Stelle des Wandteppichs doch ein Bild gehangen hatte."

Und jetzt erzählte Jürgen Klein die Geschichte der Entrümpelung und seiner Such- und Erkundungsaktion in dem blauen Altpapier-container.

Er berichtete auch von dem verstorbenen Ehepaar und ihrer Reiselust in die nördlichen Länder. Aber er musste unbedingt herausstellen, dass die Theorie mit der unbewussten Speicherung von Eindrücken und Bildern im Unterbewusstsein in der Praxis durch ihn Person bestätigt wurde:
„Fred, du hast es richtig gelesen, dass das Unterbewusstsein sich etwas merken kann!"

Fred Luchs strahlte und meinte:
„Es zahlt sich doch aus, wenn man hin und wieder ein Fachbuch in die Hand nimmt. Aber was bringt uns dieses Foto und welche Erkenntnis haben wir damit erhalten?"

Das Bild machte nun seine Runde und jeder schaute genau darauf, um etwas zu erkennen, was sie weiterbringen könnte.

Luchs teilte dem gesamten Team mit, dass die Befragung der Kraftfahrer über eine ganze Woche hinweg keinen entscheidenden Hinweis erbracht habe, las aber der SOKO die E-Mail noch einmal vor:
„Der Polizeibehörde in Magdeburg liegt der Bericht der beiden Polizisten vor, dass diese in der gesamten Woche bei ihren Befragungen keine ernst zu nehmenden Hinweise erhalten hätten."

Da meldete sich Klaus Altmann mit der Frage:

„Was heißt in diesem Bericht ‚keine ernst zu nehmenden Hinweise‘, das hätte ich gern einmal näher erklärt!"

Fred Luchs gab ihm recht und ergänzte:
„Ich rufe gleich einmal Kriminalkommissar Neumann in Magdeburg an, was damit gemeint ist oder ob es nur eine Umschreibung von ‚relevant‘ sein soll. Damit beenden wir unsere Beratung und ich informiere euch, wenn ich eine Antwort erhalten habe. Danke!"

Luchs zog sich in sein Büro zurück und wählte die Nummer der Polizeibehörde in Magdeburg.
„Polizeibehörde Magdeburg, Kommissar Neumann am Apparat." -

„Guten Morgen, Kollege Neumann, hier ist Fred Luchs. Ich habe eine Frage zu der E-Mail, die Sie uns geschickt hatten und die sich auf die Befragung der Kraftfahrer bezog."

„Ja, bitte fragen Sie nur, was Ihnen unklar erscheint."

„Herr Neumann, es steht im Bericht, dass die Befragung, ich zitiere jetzt wörtlich: ‚keine ernst zu nehmenden Hinweise erbracht hätte‘. Was soll das heißen?"

„Nun ja, so haben es die Kollegen, die die Befragung durchgeführt hatten, in ihrem Abschlussbericht formuliert."

„Ja, das glaube ich schon, doch was soll das heißen. Man sagt doch üblicherweise ‚keine relevanten Beweise!‘

„Herr Luchs, ich frage persönlich bei den Kollegen nach und melde mich dann bei Ihnen wieder. Auf Wiederhören!"

Nun überlegte Fred Luchs, ob und wie es möglich wäre, aus dem Foto noch mehr Informationen zu bekommen. Schließlich hatten sie sonst nichts in der Hand.

Da hatte er den nahe liegenden Gedanken, den Jürgen Klein mit dem Foto zu Frau Dr. Such in die KTU zu schicken. Da er selbst seine Idee gut fand, bekam Klein sofort diesen Auftrag. Er musste natürlich vorher Frau Dr. Such anrufen.

Schon wieder klingelte bei Fred Luchs das Telefon, denn Herr Neumann meldete sich:

„Neumann, noch einmal. Also, ich habe mit den beiden Polizisten gesprochen. Sie sagten, dass sie eine so kuriose Antwort von einem Kradfahrer erhalten hätten, dass sie sich nicht trauten, diese in den Bericht zu schreiben. Der Kradfahrer berichtete, er habe zwei Gestalten gesehen, halb Mensch, halb Tier, oder besser gesagt waren es zwei Menschen mit einem Tierkopf."

Da unterbrach ihn Oberkommissar Luchs:

„Herr Neumann, das ist es doch. Diese Beschreibung ist doch bedeutungsvoll. Genau diese Personen suchen wir, weil sich im Hause der vermissten Personen diese beiden Köpfe von einem Kostümverleih befanden. Ich nehme an, sie haben die Köpfe aufgesetzt, um unerkannt zu bleiben. Wie heißt der Kradfahrer? Welches polizeiliche Kennzeichen hat seine Maschine? Was für ein Motorrad ist es? Wo wohnt der Zeuge? Das sind Fragen, die uns brennend interessieren. Ich bitte darum, dass uns kurzfristig diesbezügliche Informationen zugestellt werden. Herr Neumann, wir kommen sonst nicht weiter, bitte erkennen Sie den Ernst der Lage."

„Herr Luchs, ich werde die gewünschten Angaben abfragen und mich unverzüglich bei Ihnen melden. Auf Wiederhören:"

Jürgen Klein trat nun an seinen Chef heran und musste ihm mitteilen, dass ihm Dr. Such mitgeteilt hätte, dass der Kriminaltechniker, der sich auf die geografische Auswertung von Fotos spezialisiert hat, in Berlin ein dreitägiges Seminar für sein Fachgebiet durchführt. Er ist erst danach wieder in Magdeburg.

Bei Herrn Luchs rief erneut Herr Neumann an:

„Neumann, Herr Luchs, leider haben die beiden Polizisten von dem Kradfahrer keine Daten aufgenommen, da sie ihn für unglaubwürdig eingestuft hatten.

Sie haben beide von mir eine Rüge erhalten, doch damit haben wir auch keine Informationen."

Luchs erwiderte barsch:

„Nein, Herr Neumann, die haben wir nicht. Aber ich kann mir nicht vorstellen, dass nur er die beiden vermissten Personen wahrgenommen hat. Ich bitte darum, dass die Befragung weitergeführt und jedes Kennzeichen notiert wird. Nur so können wir eine effektive Kriminalistik betreiben."

TAG 42:

Es ist 3:50 Uhr und die beiden Polizisten befinden sich wieder auf ihrem alten Posten, dieses Mal haben sie eine vorgedruckte Liste in der Hand, in die sie eine laufende Nummer, das Datum, die Uhrzeit, das Fahrziel, den Fahrzeugtyp, das Kennzeichen und den Namen des Fahrers eintragen müssen. Das war sozusagen der „Fluch der bösen (Un)tat". Aber es dient alles der Wahrheitsfindung.

Beide kontrollierten Tag für Tag unentwegt jedes Fahrzeug, sie hatten sogar einmal ein Pferdegespann gestoppt. Alles trugen sie ordentlich in die Liste ein. Bei dem Fahrzeugtyp hatten sie korrekt „Kutsche" vermerkt, aber bei polizeilichem Kennzeichen schrieben sie einfach „00". Die Kutsche war zu einem Brautpaar unterwegs gewesen.

Interessant wurde ihr Job am dritten Befragungstag. Es betraf einen Mercedes-Kombi. Der Fahrer beantwortete alle Fragen und gab als Fahrziel den Ort Lund in Schweden an. Nun musste er den Polizisten auch erklären, dass seine Firma ganz spezielle optisch-elektronische Geräte in Einzelfertigung nach Kundenwunsch produziert und für ein schwedisches Unternehmen tätig ist. Daher sei er schon so früh unterwegs. Nach der Frage, ob er auch bei seinen seltenen Fahrten einmal zwei Personen auf oder neben der Straße gesehen hätte, antwortete er mit einem leichten Lächeln:

„Ja, das habe ich. Es waren ein junges Mädchen und eine erwachsene Frau, die sich beide einen Tierkopf aufgesetzt hatten, weil sie zu einem lustigen Theaterfestival unterwegs waren. Als ich sie fragte, ob sie mich nach Lund begleiten möchten, dankten sie und baten darum, an der Autobahnraststätte in Braunschweig – Ost abgesetzt zu werden. Es war mit den beiden eine angenehme und lustige Fahrt. An der Raststätte wollte ich ohnehin anhalten, weil ich noch tanken musste. Die beiden stiegen aus, bedankten sich und sagten, dass ich als Andenken an sie die beiden Köpfe gern behalten könnte, sie bekämen ohnehin andere Kostüme. Die Köpfe habe ich immer noch im Kofferraum und fahre sie spazieren."

Das alles nahmen die beiden Streifenpolizisten zur Kenntnis und hatten jetzt genug damit zu tun, neben dem Eintrag der Daten in die Liste auch noch stichpunktartig die Erzählung des Fahrers festzuhalten. Eine Rüge hatte ihnen gereicht, da ließen sie lieber unkontrolliert einige Fahrzeuge vorbeisausen.

Aber an diesem Morgen passierte nichts Wesentliches mehr an ihrem Kontrollpunkt. Um 8:05 Uhr verließen sie ihren zeitweiligen Arbeitsplatz und fuhren zurück zur Polizeibehörde nach Magdeburg. Um nicht wieder eine Ermahnung zu bekommen, hielten sie die heute durchgeführte Kontrolle als besonders erwähnenswert und informierten umgehend Herrn Neumann.

Er fühlte sich für das in der vergangenen Woche geschehene Versäumnis verantwortlich und leitete den aktuellen Teilbericht unverzüglich an Fred Luchs weiter.

Diese Nachricht erleichterte das gesamte Team der SOKO Petersen. Sie wussten jetzt, dass die beiden vermissten Personen noch leben würden. Nun musste sofort jemand den vermeintlichen Zwischenaufenthalt an der Autobahnraststätte Braunschweig-Ost aufsuchen, um dort weitere Informationen zu erhalten.

Klaus Altmann bekam jetzt den Auftrag, dorthin zu fahren und Erkundigungen einzuholen.

Jürgen Klein wartete unruhig darauf, dass der Kriminaltechniker nach Abschluss des Seminars sich der Sache mit dem Foto eines unbekannten Aufnahmeortes annehmen würde. Doch seine Ungeduld und Hartnäckigkeit ließen ihm keine Zeit, auf die Rückkehr des Kriminaltechnikers zu warten.

Mit einem guten Vergrößerungsglas nahm er das Bild wortwörtlich ‚unter die Lupe' und suchte nach Details. Der Neufundländer auf der linken Bildseite zeigte keine Besonderheiten, denn er lag nur faul im Gras und genoss die Ruhe. Der hohe Gipfel war zweifellos ein Zeichen dafür, dass als Aufnahmeort Nord- und Mitteldeutschland ausscheiden. Allerdings sind in Süddeutschland, besonders in Bayern auch sehr hohe Berge anzutreffen. Daher kann man diese Region nicht ganz ausschließen. Aber wenn jemand die Absicht hat, per Anhalter nach Bayern zu gelangen, wird er nicht in Richtung Norden auf die Autobahn gehen. Daher nahm er an, dass die beiden vermissten Personen nach Norden wollten.

Warum baten sie aber darum, auf einer Raststätte herausgelassen zu werden, wenn sie schon in einem Fahrzeug saßen, das nach Lund fuhr? Es stellte sich alles sehr verworren dar.

Nach einer Fahrzeit von zwei Stunden kam Klaus Altmann auf der Autobahnraststätte in Braunschweig-Ost an. Zunächst sah er sich um und ging dann in die Gaststätte. Er stellte sich ordnungsgemäß bei der Servicemitarbeiterin vor und begann:

„Wir sind auf der Suche nach zwei weiblichen Personen, die wir als wichtige Zeugen befragen möchten. Es handelt sich um ein etwa 16-jähriges Mädchen und eine erwachsene Frau. Haben Sie die beiden gesehen?"

„Nein, aber es sind auch immer so viele Menschen hier, dass ich nicht auf einzelne schauen kann, es sei denn, es benimmt sich jemand auffällig oder störend."

„Die Parkfläche ist sehr groß, da sind doch gewiss auch Überwachungskameras angebracht. Welche Bereiche werden damit erfasst?"

„Wir überwachen grundsätzlich nur den Bereich der Tankstelle. Alles andere wäre zu aufwendig."

„Dann hätte ich gern einen Mitschnitt des aufgenommenen Videos von der Nacht vom 20. zum 21. Mai."

„Kommen Sie mit nach hinten, ich habe jetzt eine halbe Stunde Pause, da kann ich Ihnen das Video heraussuchen!"

Sie hatte den Videoclip schnell gefunden und beide sahen sich die Aufnahme an. Tatsächlich konnte man sehen, dass ein Mercedes-Kombi an eine Zapfsäule fuhr. Der Fahrer und zwei Personen stiegen aus. Der Fahrer betankte sein Fahrzeug, während die beiden anderen Personen aus dem Blickfeld der Kamera verschwanden. Sie tauchten auch nie wieder auf. Etwas später erblickten beide einen auffallend langen Autotransporter, der gegenüber der Tankstelle stand. Interessiert fragte Altmann nach:

„Warum hat dieses Fahrzeug seinen Stellplatz gegenüber der Tankstelle, das ist doch unüblich?"

„Ja, das haben wir erlaubt. Es ist ein besonderer Autotransporter für lange Pkws. Er steht öfter hier, denn er holt regelmäßig vom FWW-Werk die ‚BENTLEY Bentayga'- Luxuswagen und bringt sie zu einem für uns unbekannten Ort in den Norden. Es ist kein deutscher Transporter, sondern einer aus Schweden oder Norwegen, so genau weiß ich das nicht. Ich weiß es auch nur von Gesprächen im Restaurant, wenn sich die Fahrer wieder über Luxuskarossen unterhalten."

Altmann dankte der Servicemitarbeiterin und verabschiedete sich. Er ging noch ein wenig über den gesamten Parkplatz, schaute in die angrenzenden Büsche, suchte gewohnheitsgemäß nach eventuellen Beweisstücken und fuhr dann zurück nach Staaken.

TAG 43:

Die Soko hatte nun reichlich Gesprächsstoff zu verarbeiten. Es wurden wieder die unterschiedlichsten Theorien entwickelt, warum und wohin sich die beiden Vermissten begeben hätten. Alle waren sich aber einig, dass das Reiseziel im Norden liegen müsste. Immer wieder kam die gleiche Frage auf:
„Warum sind die beiden nicht weiter mitgefahren, wenn sie in den Norden wollten und schon in einem Auto saßen, das nach Schweden fuhr. Sie hätten dann auch in Dänemark bleiben können, nach Lund mitfahren, um in Schweden zu bleiben oder von da aus weiter nach Norwegen. Mehr fällt mir nicht ein!" gestand Fred Luchs.

Und Jörg Böhme fragte vorsichtig:
„Müssen wir auch daran denken, dass sie über die Autobahn 7 weiter in Richtung Süden wollten, um vielleicht das Traumziel Venedig anzusteuern?"

„Nein auf keinen Fall! Ich glaube nicht, dass sie an Urlaub dachten, was da alles vorgefallen war. Die Mutter musste doch immer noch daran denken, wie es Mike gehen würde!"
War eine Bemerkung von Oliver.

„Es ist richtig überlegt", meinte Böhme:
„Woher sollten sie wissen, dass Mike nicht mehr lebt? Man hatte zwar die Großeltern verständigt,

aber wenn sie nach Aussage von Frau Garbe wirklich keinen Kontakt zueinander hatten, konnten sie nichts vom Tod des kleinen Mike wissen."

Fred Luchs meinte nun:

„Ich glaube nicht, dass sie nach Süden ausreisen wollten. Da liegen Bulgarien und Rumänien in der Nähe. Man weiß auch nicht, welche Vernetzung die großen Drogendealer haben. Sie wären dort wahrscheinlich sehr gefährdet, entdeckt zu werden. Ich persönlich schließe eine Flucht in südliche Richtung aus."

Aber dann meldete sich Jörg wieder zu Wort:

„Es wäre auch denkbar, dass die beiden per Anhalter nach Hamburg wollten und um als blinde Passagiere auf einem Schiff Deutschland zu verlassen."

Fred musste hier dagegenhalten:

„Jörg, Frau Krause als tüchtige und erfahrene Versicherungskauffrau hat mit Sicherheit Kenntnis darüber, wie gut die deutsche Polizei und vor allem der deutsche Zoll vernetzt sind. Das Risiko, in Hamburg entdeckt zu werden, ist viel zu hoch."

Diese Beratung der SOKO zog sich sehr in die Länge und erreichte eine nie da gewesene Dauer.

Nun meldete sich noch einmal Altmann mit einer neuen Idee zu Wort:

„Sollten wir nicht bei der Exportabteilung beim FWW nachfragen, ob sie in der Zeit zwischen dem 18. und dem 20. Mai Luxusfahrzeuge ausgeliefert haben und wenn ja, wohin."

Fred Luchs stimmte sofort zu:

„Gewiss, das ist eine vielversprechende Idee, die auch nicht mehr kostet als ein Telefonat. Klaus, bitte übernimm diese Aufgabe sofort. Damit können wir endlich heute die Mammut-Beratung beenden."

Klaus Altmann musste sich nun durch den Verwaltungsapparat des Fahrzeugwerkes Werthofen (FWW) hindurchtelefonieren, bis er endlich bei der Exportabteilung gelandet war. Aber auch diese Gruppe bestand aus zahlreichen Abteilungen mit insgesamt 160 Mitarbeitern. Zielstrebig suchte er weiter, bis er zu der Exportgruppe für Luxusfahrzeuge vorgedrungen war. Auf seine gezielten Fragen nach dem besagten Export erklärte ihm eine nette Frauenstimme:

„Natürlich wissen wir auf die Minute genau, welcher unserer Luxuswagen das Werk verlassen hat und auch mit wem und wohin, aber wir sagen es nicht jedem!"

Altmann wurde wieder konkret:

„Was muss ich tun, um diese Auskünfte zu erhalten?"

Und wieder hörte er die Frauenstimme sagen:

„Dazu benötigen Sie eine schriftliche Anfrage des Staatsanwaltes an den Direktor unserer Exportgruppe, der dann die Frage an uns weiterleitet. So haben Sie in kürzester Zeit von nur drei Tagen alle Daten, die wir auf der Basis des staatsanwaltlichen Ersuchens bereit sind, preiszugeben!"

„Danke höflichst," war alles, was er dazu sagen konnte.

Als er diese Problematik seinem Chef unterbreitete, verfärbte sich dessen Gesicht von blass bis rot und dann donnerte er los:

„Es ist doch nicht zu fassen, wir arbeiten, bis uns der Schweiß von der Stirn rinnt und wenn wir kurz vor dem Ziel sind, stehen wir vor einer meterhohen Mauer bürokratischen Gehabes.

Aber ungeachtet dessen spreche ich mit dem Staatsanwalt, den ich zum Glück gut kenne und auch seine Position zur unantastbaren Gerechtigkeit."

Am späten Abend erreichte den Oberkommissar ein zweiseitiges Ersuchen zur Akteneinsicht mit dem wesentlichen Abschluss: „Sollte einem oder mehreren Mitarbeitern der staatlichen Organe die uneingeschränkte Akteneinsicht verweigert werden, gleicht dies der Behinderung der polizeilichen Ermittlungstätigkeit und es kann der Verursacher gemäß § 258 StGB – wegen Strafvereitelung belangt werden."

Diese E-Mail wurde an die schon erwähnte Abteilung geschickt mit der Aufforderung, sie innerhalb von 24 Stunden zu beantworten.

TAG: 44

Genau nach 23 Stunden und 40 Minuten traf bei Oberkommissar Luchs die Antwort-Mail von der Exportabteilung für Luxusfahrzeuge ein mit folgendem Inhalt:

„! Streng vertraulich! Am 20.05. d. J. verließ um 17:40 Uhr ein Autotransporter der norwegischen Firma ‚NordAutoImpEx' das Betriebsgelände des FWW-Werkes mit 4 Pkws der Marke ‚BENTLEY Bentayga'. Importeur ist das o. g. Unternehmen mit Sitz in Tromsø."

Bei der morgendlichen Beratung der SOKO wurde diese E-Mail vorgelesen. Jetzt wurde spekuliert, ob die beiden vermissten Personen mit diesem Fahrzeug nach Norwegen gekommen sein könnten. Die weitere Vorgehensweise war aber nun die große Frage. Sollte man das Wagnis eingehen und einen Mitarbeiter bis nach Norwegen schicken, damit er vor Ort Nachforschungen anstellt? Wenn man das aber nicht tut, stellt sich die Frage, in welche Richtung stattdessen ermittelt werden sollte?

Nach zwei Minuten Denkpause, um die der Oberkommissar gebeten hatte, setzte er die Beratung mit einer Frage an den jungen Oliver Kutzner fort:

„Oliver, wenn ich mich recht an deine Bewerbung erinnere, so steht dort bei Fremdsprachen:

englisch, norwegisch. Erinnere ich mich richtig und warum kannst du diese Sprachen?"

Kutzner antwortete:

„Ja, Fred, du erinnerst dich richtig. Als ich 16 Jahre alt war, bekam mein Vater bei einer norwegischen Bohrfirma einen 2-Jahres-Vertrag. Meine Eltern entschlossen sich, als Familie dorthin zu gehen. So besuchte ich in Oslo ein Gymnasium und legte auch in Oslo mein Abitur ab."

Fred fragte wieder konkret:

„Was hältst du davon, die Ermittlungen als Privatperson in Norwegen fortzusetzen? Du bist ungebunden, also benötigst du keinen, um Erlaubnis zu fragen, du entscheidest allein!"

Oliver antwortete:

„Es ist eine tolle Idee, doch ich würde gern die Untersuchungen des Fotos abwarten, die der Kriminaltechniker ausführen soll, wenn er von seinem Seminar zurück ist."

Dazu meinte Fred:

„In Ordnung, das kann gewiss nicht mehr lange dauern. Kollege Klein, bitte frag doch noch einmal bei der KTU nach."

Nun konnte die Beratung beendet werden. Jürgen hatte schon das Telefon in die Hand genommen und rief Frau Dr. Such an:

„Guten Tag Frau Dr. Such hier ist Kommissar Klein. Ich wollte nur wissen, ob ihr Kriminaltechniker schon wieder zurück ist von seinem Seminar?"

„Herr Klein, der kommt heute Abend zurück, ist aber morgen früh bereits um 8:00 Uhr für Sie zu sprechen. Kommen Sie einfach her und bringen das fragwürdige Bild mit! Auf Wiedersehen bis morgen früh."

TAG 45:

Klein hielt sich nicht lange im Polizeirevier auf, sondern nahm gleich seinen Dienstwagen und das Bild und fuhr zur KTU nach Magdeburg. Dort wurde er bereits von Dr. Such erwartet und freundlich begrüßt, die ihn auch mit dem Kriminaltechniker bekannt machte. Bevor Jürgen Klein zu ihm ging, bat Frau Dr. Such ihn zu sich in ihr Büro:

„Herr Klein, weil Sie unseren Fritz, das ist der Vorname des Kriminaltechnikers Schmidt, noch nicht kennen, muss ich Sie ein wenig vorbereiten. Fritz ist ein hochbegabter Mensch mit einem weitverzweigten Wissen. Aber er hat seine Eigenheiten. Manchmal schaut er plötzlich wortlos für eine Minute an die Decke, dann legt er sich auf einmal auf den Fußboden und schließt für Sekunden die Augen. Da darf er aber auf keinen Fall angesprochen werden.

Aber bei all diesen Macken ist er ein liebenswerter Kollege. Er verfügt über ein fotografisches Erinnerungsvermögen, fachlich korrekt heißt es ‚eidetisches Gedächtnis‘,das nur einer von 200 Millionen Menschen besitzt. Es reicht ihm, dass er ein Bild für nur einige Millisekunden betrachtet und danach kann er es detailgetreu nachzeichnen.

Für unsere Kriminaltechnik ist er ein unverzichtbarer Kollege. Sie dürfen ihn ruhig gleich Fritz nennen, das möchte er so und das stimmt ihn gut ein. Sodann viel Erfolg."

„Hallo Fritz, ich bin Jürgen Klein und habe dir ein Bild mitgebracht. Ich hoffe doch, dass wir beide daraus möglichst viel herauslesen können."

„O. K.! Dann lass uns loslegen. Der verschnörkelte Rahmen verrät uns, dass dieser schon gewiss 40 Jahre alt ist. Das Foto ist etwas jünger, aber von einer ausgezeichneten Qualität. Das erkenne ich daran, dass es noch nicht ausgeblichen ist. Das Glas filtert einen Teil der ultravioletten Strahlung unseres Tageslichtes heraus, aber das spielt keine Rolle, denn es ist alles noch gut zu erkennen.
Jürgen, du interessierst dich für Details? - O. K.! Damit wir alles möglichst ungestört und ungetrübt betrachten können, nehme ich nun das Foto aus dem Rahmen heraus.
Tatsächlich hat das breite Passepartout uns einiges verborgen. An der rechten Bildseite erkennen wir jetzt auch den Fuß des großen Felsens. Davor liegen viele dünne Platten. Dieses Zeug nennt man Frostbruch, der bei felsigen Gebirgen zu finden ist, die sich in einer Zone mit stark wechselnden Temperaturen befinden. Dieser Berg steht zweifelsfrei an einem unbekannten Ort im hohen Norden. Ich glaube

sogar in Norwegen. Der Frostbruch ist dafür ein typisches Zeichen. An der Haustür ist ein Schild angebracht, auf dem ein Schriftzug zu lesen ist. Leider sind einige Buchstaben von einer Person zum großen Teil verdeckt. Warte bitte, ich werde zusätzlich das infrarote Licht einschalten, dann sehen wir es besser.

Oh ja, da erkenne ich ‚Ørelu.... Mehr ist nicht zu sehen. Das bestätigt aber, dass das Häuschen in Norwegen steht. Und schau nach rechts, ganz am Rand erkennt man ein Wanderwegzeichen. Ein Pfahl mit zwei Schildern, die in unterschiedliche Richtungen zeigen. Auf dem linken Schild steht ‚Tromsø 38 km‘ und auf dem rechten liest man ‚Burøya 36 km‘. Das sind Entfernungsangaben für Skiwanderer. Diese Angaben sind sehr hilfreich, wenn man nicht jeden Tag in dieser Gegend unterwegs ist.“

„Das ist toll, was du da herausgefunden hast, weil wir das Passepartout entfernt hatten. Aber was haben wir jetzt davon? Wir wissen bloß, dass diese Hütte irgendwo in Norwegens Norden steht, aber geht es noch etwas genauer?“

„Ja, das machen wir gleich. Wir besitzen in dieser KTU einen sehr großen Fundus an Landkarten. Die meisten Karten sind topografische Darstellungen und im Maßstab 1:100 000 gezeichnet. Wir haben alle nach Erdteilen,

Ländern und Regionen sortiert und in einem großen Regal in kleinen, entsprechend beschrifteten Fächern untergebracht. Sie sind alle gerollt und nicht gefaltet, weil damit kleine Details beschädigt werden könnten.

Ich werde nachsehen, ob ich schnell eine große Wanderkarte vom Nordteil Norwegens finden kann."

Fritz verschwand im Nebenraum, suchte nach der bewussten Karte und kehrte erfolgreich mit der Kartenrolle in der Hand zu Jürgen zurück.

Auf dem Tisch wurde die große Karte ausgebreitet und beide fingen an, die Orte Tromsø und Burøya zu entdecken. Als sie diese gefunden und markiert hatten, setzte Fritz seine Suchtätigkeit fort:

„So, jetzt nehme ich einen Zirkel und schlage um Tromsø einen Kreis mit einem Radius, der entsprechend dem Kartenmaßstab einer Distanz von 38 km entspricht." – PAUSE-. „So sieht der Kreis aus. Jeder Punkt oder Ort, der sich an beliebiger Stelle unter dem Kreis befindet, ist von Tromsø genau 38 km entfernt.

Jetzt wiederholen wir das Spiel, indem wir die Zirkelspitze in den Ort Burøya einstechen und eine Spanne von 30 km einstellen. Wenn wir nun wiederum einen Kreis zeichnen, liegen alle Orte unter diesem Kreis von Burøya 30 km entfernt. Aber dir fällt bestimmt auf, dass sich die beiden Kreise an zwei Stellen schneiden. Nur an diesen beiden Schnittpunkten liegen beide Orte gleich weit von Tromsø oder von Burøya entfernt. In einem dieser Stellen steht unsere Hütte! Aber welcher Punkt der richtige ist, kann ich dir leider nicht sagen."

Sichtlich überrascht lehnte sich Jürgen zurück und schaute Fritz an. Dieser ergänzte aber noch:

„Natürlich haben wir hier ziemlich grob gearbeitet, weil wir nur einen einfachen Schülerzirkel zur Verfügung haben. Du musst mit einem Messfehler von 5 km rechnen!"

„Das ist doch super, und wo sind wir nun gelandet?"

„Schau her, die beiden Kreise schneiden sich einmal auf der Insel ‚Reinøya' nahe der Kleinstadt Rakkenes. Der zweite Schnittpunkt liegt auf der Insel Ringvassøya bei dem Fischerdorf Steinsund."

„Das ist ja prima, denn nun gibt es zwei unterschiedliche Inseln, auf denen unsere Hütte stehen könnte. Schöne Aussichten für Inselwanderungen!
Aber ob dort überhaupt noch eine Hütte steht, darüber kann das Bild keine Auskunft geben, da heißt es nur: hinfahren und nachschauen. Wäre das nicht eine tolle Reise für dich, Jürgen????"

Mit diesen verblüffenden Informationen hatte Kommissar Klein überhaupt nicht gerechnet. Er bedankte sich bei Fritz und bei Frau Dr. Such und fuhr auf schnellstem Wege zurück, wo er schon sehnlichst erwartet wurde. Alles, was er jetzt erfahren hatte, spornte auch ihn an, die vielleicht noch existierende Hütte zu finden. Die beiden Inseln, die man über den Langsund-Unterwassertunnel erreichen konnte, sind so abgelegen, dass man sich für hundert Jahre verstecken kann, ohne gefunden zu werden. Vielleicht haben die verstorbenen Gärtner und ehemaligen Besitzer des Garberschen Hauses dort Urlaub gemacht.

Nun reizte es auch Oliver Kutzner, diese beiden Inseln aufzusuchen. Sein Chef gab ihm den Auftrag, als Privatperson dorthin zu reisen und auf Erkundung zu gehen.
Oliver Kutzner sprach Fred Luchs unter vier Augen direkt an:

„Fred, wir gehen doch davon aus, dass ich die beiden Frauen in Norwegen finde, oder?"

„Ja, davon gehen wir aus!"

„Dann müssen wir vermuten, dass es den beiden finanziell gewiss nicht gut geht. Du hattest bei einer Beratung kommentarlos erklärt, dass wir uns mit dem ominösen Verschwinden der Geldkassette nicht mehr beschäftigen müssen. Ist sie denn inzwischen gefunden?"

„Ja, sie ist gefunden worden und befindet sich ordnungsgemäß in unserer Asservatenkammer.

Das Geld ist lediglich bei uns sichergestellt, es ist aber Eigentum der Anna Petersen."

„Ich nehme an, dass Anna Petersen eine kleine Summe gerade jetzt gut brauchen könnte!"

„Und wie stellst du dir das vor? Du kannst doch nicht einfach mit 30.000 Euro im Gepäck in Norwegen einreisen!"

„Nein, das überschreitet die Höchstgrenze für eine Einfuhr von Geld, denn der maximale Wert darf 25.000 NOK, das sind etwa 2.500 EURO, nicht überschreiten. Wenn Du mir gegen eine Quittung diesen Betrag aus der Geldkassette geben könntest, würde ich für sie das Geld mitnehmen, falls ich Anna finden werde. Das hilft ihr gewiss weiter."

„Oliver, das ist eine hervorragende Idee. Es ist zwar nicht gerade die Art von Polizeiarbeit, die sich der Gesetzgeber ausgedacht hat, doch hilfreich ist sie allemal.
Gegen eine Quittung bekommst du von uns 2.500 Euro und nimmst diesen Betrag mit nach Norwegen."

Mit dieser Lösung waren beide zufrieden, obwohl immer noch die Frage im Raum stand, ob sich die beiden Personen tatsächlich in Norwegen aufhalten und Kutzner sie auch finden würde. Es ist auch genauso gut möglich, dass es eine staatlich finanzierte Urlaubsreise von Oliver Kutzner wird.

Der Reiz dieser abenteuerlichen Erkundungsreise war ungebrochen und so groß, dass Kutzner dafür auch seinen Urlaub geopfert hätte.

Vor Oliver Kutzner lag nun ein großes Problem: Er durfte sich unter keinen Umständen als Polizist zu erkennen geben. Aus diesem Grund musste er sich jetzt ein neues Profil ausdenken. Kein Mensch dürfte auf die Idee kommen, dass man in ihm einen deutschen Kriminalpolizisten vermuten würde. Die Absicht einer polizeilichen Ermittlung durfte von niemanden erkannt werden.

TAG 46:

Oliver Kutzner hatte von jetzt an Urlaub, denn in zwei Tagen flog er ab mit Ziel Oslo. Von dort wollte er mit der Bahn bis Tromsø fahren, wo er eine Unterkunft benötigte. Aber es durfte kein Hotel sein, um unerkannt zu bleiben.

Er setzte sich an seinen PC und suchte sich bei dem Ferienhausanbieter NOVASOL ein kleines Ferienhaus in der Nähe von Tromsø aus. Seiner online – Buchung folgte noch am selben Tag die Bestätigung. Damit hatte er sein Reiseziel in Norwegen festgelegt.

Zwei Tage hatte er dazu gebraucht, sich ein Profil auszudenken, doch endlich wusste Kutzner, wer er jetzt war:

„Oliver Kutzner ist 32 Jahre alt und wohnt in der Nähe von Tromsø. Er war für zwei Monate in Deutschland gewesen und hatte dort ein Mädchen kennengelernt. Von Beruf ist er Lehrer in einer Berufsschule. Sein Vater ist Ingenieur und seine Mutter Hausfrau.“

Natürlich kaufte er sich noch einige Landkarten und ein deutsch-norwegisches Wörterbuch. Nachdem er erfolgreich seinen Flug gebucht hatte, waren die Reisevorbereitungen abgeschlossen.

Am nächsten Morgen nahm er seinen Trolley und eine kleine Tasche, in die er sein Laptop eingepackt hatte. Leicht aufgeregt setzte er sich in sein Fahrzeug und startete in Richtung Hamburg-Flughafen. Auf dem großen Außenparkplatz stellte er sein Auto ab, denn er war sicher, dass er es jetzt eine lange Zeit nicht benützen würde. Ein Stellplatz im Parkhaus kam für eine so lange Zeit nicht infrage, weil er zu teuer war.

Der Shuttle brachte ihn zurück zum Flughafen in die Abfertigungshalle. Hier lief alles problemlos und im Café wartete er, bis sein Flug nach Oslo aufgerufen wurde.

Bald saß er in seiner Maschine. Von Oslo ging es weiter zum Flughafen Tromsø, Langnes.

Nach seiner ersten und nördlichsten Landung im norwegischen Tromsø ging er zu „Sixt Bilutleie". Das war eine Autovermietung, die direkt im ‚Tromsø Lufthavn, Langnes' ihr Büro hat. Dort mietete sich Kutzner gleich einen kleinen VOLVO aus.

Damit war seine Mobilität in Norwegen gesichert. Ihm war klar, dass er an den folgenden Tagen viel unterwegs sein würde. Der kleine Volvo brachte ihn zu seinem Ferienhaus nach Nygård, an der Ostküste von Tromsø.

Es war 70 m² groß. Sogar WLAN war vorhanden und somit der Kontakt zur „restlichen Welt" und vor allem nach Staaken gesichert. Nun packte er aus und richtete sich häuslich ein. Im Haus fand er, wie man es bei einem Ferienhaus auch erwartet, eine ausführliche Sammlung von Informationen über

Einkaufsmöglichkeiten, Sehenswürdigkeiten und Telefonnummern für dringende Fälle vor. Um sich mit Nahrungsmitteln und Getränken einzudecken, ging er gleich zu dem Supermarkt von Nygård, den er schnell gefunden hatte. Heute wollte er nichts weiter tun, sondern sich erst einmal ausgiebig von der ungewohnten Reise erholen und nur noch schlafen.

TAG 47:

Am nächsten Morgen wachte der Wahlnorweger gut erholt im nordnorwegischen Nygård auf. Nach dem Frühstück fuhr er in das Kontor des Import-Export-Unternehmens, in dessen Auftrag der überlange Autotransporter die Luxuskarossen nach Norwegen gebracht hatte. Als Kutzner das Büro betrat, kam ihm gleich eine Frau entgegen und fragte auf Norwegisch:
„Wie kann ich Ihnen helfen?"

Nun erzählte Oliver, dass er für zwei Monate in Deutschland gewesen war und dort ein Mädchen kennengelernt hatte, das mit ihm nach Norwegen kommen wollte. Aber weil deren Eltern das gar nicht gut fanden, war sie einfach ausgerissen und hat sich wahrscheinlich allein auf den Weg zu ihm gemacht. Und nun suchte er sie!"

Da sagte die Sekretärin:
„O. K., aber hier ist sie nicht!"

Daraufhin meinte er:
„Ihr großer Autotransporter ist doch von Deutschland gekommen, vielleicht ist sie als Anhalterin mitgenommen worden?"

„Moment, ich verstehe. Ich rufe den Fahrer her. Er ist zwar Russe, aber versteht schon etwas Norwegisch und wenn das nicht klappt, sprechen wir englisch, das kann er auch. Einen Augenblick bitte!"

Nach diesem Augenblick kam schon der Fahrer herein und fragte:
„God dag! Was wollen Sie von mir?"

Nun erzählte Oliver, was er vermutete und der Fahrer sagte dazu nur:
„Gestern Abend ich habe Transporter vor Halle von Kunden gefahren, habe Fahrzeug abgeschlossen, dann nach Hause gegangen. Nächsten Morgen ich wieder hin und haben wir die ‚BENTLEY Bentayga' entladen. Kein Mädchen mit Fleck bei Auge gesehen. Ganze Reise nicht Mädchen gesehen."

Oliver stutzte, wollte sich aber nichts anmerken lassen, bedankte sich und fragte noch nach der Adresse des Autohauses, zu dem die Luxuskarossen gebracht worden waren.

Er verabschiedete sich und verließ die beiden, die ihm noch eine erfolgreiche Suche nach seiner Freundin wünschten.

Als er wieder draußen war, dachte er noch einmal an das Gespräch mit dem Russen. Er hatte keinen Menschen in Norwegen erzählt, dass das Mädchen ein Muttermal unter dem Auge hat. Warum sprach der Fahrer von „Fleck bei Auge?" Wie kam er darauf, dass ich nach einem Mädchen suche mit „Fleck bei Auge?"

Dieser Bemerkung musste er unbedingt nachgehen, denn er glaubte nun, dass der Fahrer Jenny gesehen haben musste. Und wo ist sie jetzt? Befindet sie sich etwa irgendwo in Norwegen oder hat man sie versteckt?

Problemlos erreichte er das vornehm wirkende Autohaus, das ausschließlich Luxusautos verschiedener bekannter Hersteller im Angebot hatte oder auf Wunsch seiner Kunden bestellte. Als er der Verkäuferin seine Angelegenheit erzählt hatte, zucke sie mit den Achseln und bat ihn um einen Moment Geduld, da sie den Chef rufen wollte. Als dieser Herr erschien, begrüßte er Oliver und er wiederholte seine Geschichte. Der Geschäftsführer erklärte, was sie tun, um die Sicherheit und Zuverlässigkeit der Anlieferung der wertvollen Automobile zu garantieren. Als sich Oliver diese Schilderung geduldig und mit einem bejahenden Kopfnicken angehört hatte, stellte er folgende Frage:

„Ist es denn nicht möglich, trotz bester Vorkehrungen, dass sich jemand unbemerkt in ein Auto setzt, um als blinder Passagier mitzureisen?"

Nach einer kleinen Pause des Nachdenkens erwiderte der Geschäftsführer:

„Alle Fahrzeuge sind mit einer weißen Stoffhülle ,bekleidet', um sie vor Straßenstaub oder Ähnlichem zu schützen. Diese Haube umschließt das ganze Automobil und kann nicht angehoben werden, um – nun folgte eine bemerkenswert lange Sprechpause, bevor er fortfuhr – einfach sich in ein Auto zu zwängen.

Doch dabei fällt mir aber ein, dass ich durch einen Fahrzeugmechaniker auf eine Besonderheit bei der letzten Lieferung hingewiesen wurde. Ich hatte dieser Bemerkung zunächst keine Aufmerksamkeit geschenkt und nur gefragt, ob das Auto in Ordnung sei. Doch wenn es Ihnen helfen kann, ihre Freundin ausfindig zu machen, lasse ich gern diesen Mechaniker rufen."

Darauf Oliver: „Ja, das wäre gut." Die Sekretärin erledigte diesen Wunsch über die interne Rufanlage. Der Chef im schwarzen Anzug verabschiedete sich von Oliver, der ihm noch ein ‚Großes Dankeschön' auf den Weg gab.

Da erschien ein Mechaniker in einem silbergrauen Overall und begrüßte Oliver. Er hatte bereits per Telefon von dem nicht alltäglichen Kundenwunsch erfahren und konnte nun Auskunft erteilen:

„Wenn die Autos auf dem Trailer ankommen, steige ich auf und gehe zu dem letzten Auto, ziehe die weiße Haube bei der Fahrertür hoch, öffne diese, setze mich hinein und fahre das Auto vom Trailer herunter und in die Halle. So mache ich es bei jedem Auto, bis alle abgeladen sind. Aber bei dem vorderen Auto fiel mir doch etwas auf. Diese weiße Haube hatte bei der Fahrertür unten ein kleines Loch und durch dieses war eine dünne Schnur gezogen und verknotet. Die Schnur war ungefähr 2 Meter lang. Ich habe sie abgeschnitten und weggeworfen, weil ich keine Zeit beim Abladen verlieren wollte. Was das mit dem Band auf sich hatte, konnte sich keiner erklären. Es war aber auch egal, weil die Autos nach ihrer Ankunft in der Wagenwäsche entkonserviert werden und die weiße Haube wandert sowieso in den Müll."

Oliver sagte ,Danke' und der Mechaniker verließ den Verkaufsraum. Plötzlich erschien der Chef im schnellen Schritt, ging auf Oliver zu und fing an:

„So etwas ist mir in unserem, ich darf wohl sagen, edlem Geschäft noch nie vorgekommen. Da erschien ein Kunde und sagte mir doch wörtlich, er hatte einen Neuwagen bestellt und keinen, in dem noch Brotkrümel vom Vorbesitzer liegen! Das fand ich unerhört und der Verdacht fiel auf einen unserer Mitarbeiter. Aber alle schwörten ,beim Bart des Propheten', dass sie bei der Arbeit nicht essen, das würde kein Türke tun! – Ich bat bei dem Kunden um Verzeihung und diese Entschuldigung hat er auch bei einem Glas Champagner angenommen."

Damit verschwand der Direktor des Autosalons und nicht nur mich plagte die Frage: „Wie kommen in ein fabrikneues Luxusauto Brotkrümel und wozu soll eine Schnur an der weißen Schutzhaube gut sein?"

Oliver dankte der Empfangsdame für ihre aktive Unterstützung, verließ den Autosalon und fuhr in sein neues Zuhause. Sofort setzte er sich an seinen Laptop. Über eine Mail informierte er Fred Luchs über die kuriose Bemerkung des russischen LKW-Fahrers.

TAG 48:

Der Alltag in der Dienststelle Staaken begann wie immer. Fred Luchs betrat sein Büro und nahm an seinem Schreibtisch Platz. Als erste Amtshandlung setzte er den PC in Gang und wartete geduldig, bis er zu Ende gebootet hatte. Erst als auf dem Monitor das Logo der Polizeidienststelle Staaken erschien, konnte seine Büroarbeit beginnen. Wie immer warf er einen Blick auf eingegangene E-Mails. Dabei fiel ihm sofort die Nachricht von Oliver auf. Er öffnete die Mail und war ebenso erstaunt wie Kutzner in Norwegen. Fred druckte die E-Mail aus und verließ sein Büro, um seinem Team vorzulesen, was Oliver geschrieben hatte.

Jetzt begann das Raten erneut. Woher kann ein Russe im hohen Norden wissen, dass es ein Mädchen mit „Fleck bei Auge" gibt? Wo hat er das Mädchen gesehen?

Es dauerte nur einen Augenblick, da meldete sich Klaus Altmann zu Wort:

„Der Russe sprach von einem bestimmten Mädchen, nämlich dem mit einem Muttermal. Nun kann es sein, dass er das Mädel selbst gesehen hat oder nur an einem anderen Ort ein Foto von diesem Mädchen. Vielleicht in einer Zeitung oder in einer Werbebroschüre?"

Jürgen fragte skeptisch nach:

„Wer hat denn ein Foto von dem Mädchen oder ein Bild, auf dem das Mädchen neben anderen zu sehen ist? Ich glaube nicht, dass sich Jenny für eine Werbung fotografieren ließ. Sie ist doch bestimmt froh, wenn sie keiner erkennt oder sogar findet!"

Nun wieder Fred:

„Also das Fotoalbum, was die KTU im Haus gefunden hatte, war vollständig und es war kein Bild entnommen. Gab es ein Foto von der Gruppe für ästhetische Gymnastik? Aber warum sollte einem Lkw-Fahrer gerade dieses eine Mädchen auffallen, das in der Gruppe steht? Ich nehme an, es ist ein Foto der Familie. Aber so ein Bild können nach meiner Meinung nur die Garbers besitzen!"

Böhme zweifelte:

„Wie soll denn der Russe von den Garbers ein Foto bekommen? Das geht ja wohl gar nicht!"

Fred:

„Es hilft alles nichts, wir müssen die Garbers befragen. Das übernehme ich und werde sie anrufen."

Luchs führte nun ein längeres Gespräch mit Annas Eltern. Danach wandte er sich wieder seinem Team zu:

„Nun hört genau zu, was mir die Garbers zu berichten hatten. Bei ihnen klingelte vor langer Zeit ein Reporter der Lokalzeitung. Er hatte erfahren, dass die Polizei im Dorf einige Bewohner ausgefragt hätte, ob sie Frau Petersen und Jenny gesehen hätten. Dann kam er zu Garbers und befragte die, wo denn ihre Tochter nebst Enkelin wären. Die aber erklärten, dass sie keine Ahnung hätten. Und ganz geschickt stellte der Journalist den Garbers die Frage, wo sie denn Urlaub gemacht hätten. Da erzählten sie, dass sie gern in den skandinavischen Ländern waren, in Schweden und Norwegen. Jetzt hatte der Journalist seine Schlagzeile. Schließlich gaben die Garbers ihm zu allem Übel noch ein Familienbild von den Petersens. Auf der Titelseite der nächsten Ausgabe der Lokalzeitung stand:
‚Ist die verschwundene Mutter Petersen mit ihrer Tochter nach Norwegen geflohen?' Darunter war das Familienfoto abgedruckt und man erkannte deutlich das Mädchen mit „Fleck bei Auge".

Jürgen konnte es nicht fassen:
„Da erzählen wir den Garbers, dass ihre Tochter und Enkelin in Gefahr sind und die beiden lassen sich von einem raffinierten Journalisten aushorchen und geben ihm auch noch ein Foto. Du glaubst es nicht!"

Fred Luchs ging noch weiter:

„Die norwegischen Journalisten kennen schließlich auch die Deutsche Presseagentur und suchen ständig nach dem Stichwort ‚Norwegen‘. Gewiss sind sie fündig geworden und schon kann man in der Tageszeitung von Norwegen ein Foto von den geflohenen Deutschen finden.
Bitte Jürgen, recherchiere, ob du in einer norwegischen Zeitung die Petersens findest!“

Am späten Nachmittag hatte Klein eine Kopie der Titelseite der Nordlys (norwegisch für Nordlicht) in der Hand. Es ist eine Tageszeitung, die in der nordnorwegischen Stadt Tromsø herausgegeben wird mit täglich 24.000 Exemplaren. Nordlys ist die größte Zeitung in Nordnorwegen.

Luchs nimmt das zwar zur Kenntnis, ergänzt aber:
„Nun gut, da hat der Russe das Foto gesehen. Aber warum erwähnt er das gegenüber von Oliver. Dafür gibt es doch keinen Grund. Ich werde versuchen, mit dem Polizeikommissariat in Tromsø in Kontakt zu treten.“

Das gesamte Team war beunruhigt, weil alle glaubten, dass Mutter und Tochter untergetaucht und damit sicher sind. Aber plötzlich geraten beide in den Fokus nur wegen dieses unbedacht herausgerückten Fotos durch die Garbers. Damit haben sie ihrer Tochter und Jenny einen Bärendienst erwiesen.

Fred Luchs gelingt es, mit dem Politiinspektør Kristian der Polizei Tromsø telefonisch in Kontakt zu treten. Er erklärt ihm den Sachverhalt und meint, dass man sich bei dem Lkw-Fahrer Gregor Juschtschick einmal umsehen sollte.

Kristian stimmt zu und verspricht Luchs, ihn nach der erfolgten Hausdurchsuchung zu informieren. Fred schickt noch schnell eine E-Mail an Kutzner, damit dieser Bescheid weiß, was den Lkw-Fahrer anbelangt.

TAG 49:

Oliver hatte sich zum Ziel gesetzt, heute die fragliche Hütte auf der Insel Reinøya zu suchen. Die Fahrt war interessant, weil sie ihn wieder über eine der vielen Brücken und durch einen Unterwassertunnel führte. In einer wunderschönen Bucht lagen wie hingestreut gelbe und falurote Holzhäuser, die einen Kontrast zu dem klaren blauen Wasser bildeten. Hier zu wohnen, konnte er sich für Anna Petersen gut vorstellen. Er fuhr langsam durch die Gassen und Wege in Richtung zu einem steil aufragenden Felsmassiv. Etwas abseits vom Weg erblickte er eine verfallene Hütte. Er hatte das Ziel erreicht und Fritz hatte mit seinen Zirkelschlägen exakt den Punkt getroffen.

An dem brüchigen Haus war bereits das Dach eingestürzt und hing in die hölzerne Ruine hinein. Er stellte sein Auto ab, ging näher heran und konnte an der Haustür gerade noch einen Schriftzug entziffern. ‚Ørelund'. Als er so vor dem verfallenen Haus stand und wehmütig die Reste anschaute, kam ein alter Mann näher, schaute ihn wortlos an, drehte sich um und ging wieder. Vor dessen Haus stand eine kleine Bank. Er setzte sich darauf und zündete sich eine Zigarette an.

Oliver hatte zwar die Hütte gefunden, doch wohnen konnte hier niemand. Daher setzte er sich wieder in sein Auto und gab in sein Navigationsgerät das andere Ziel ein, das Fritz ebenfalls herausgefunden hatte: Steinsund auf der Insel Ringvassøy. Die Straße dorthin zog sich an einem Fjord entlang, in dem kristallklares blaues Wasser stand. Fischerhütten konnte er hier nicht entdecken. Aber er fuhr an einigen kleinen Bauernhäusern vorbei, weil man hier Landwirtschaft betrieb. Nach einem Feriendomizil suchte Oliver vergebens. Alles um ihn herum sah aus wie eine längst vergessene Welt. An einem Häuschen hielt er an und fragte eine Frau, die im Vorgarten beschäftigt war. Oliver sprach sie an. Da drehte sie sich zu ihm und erklärte, dass sich seit Jahren hierher kein Fremder gewagt hatte. Hier gibt es keine Abwechslung für Touristen, auch kein Gewerbe und eine Industrie schon gar nicht.

Allmählich wurde Kutzner klar, dass er hier nach den beiden Frauen vergebens suchte.

Er fuhr also wieder zurück in sein Ferienhaus. Ungeduldig wartete er auf eine E-Mail von seinem Chef. Zu Hause angekommen ging er gleich zu seinem Laptop und öffnete sein Postfach. Tatsächlich entdeckte er hier eine Nachricht von Fred Luchs, die vor Kurzem eingetroffen war. Er las langsam und halblaut, was Fred ihm geschrieben hatte:

„Hallo Oliver, soeben erhielt ich von Politiinspektør Kristian von der Polizeistation Tromsø einen Kurzbericht über den Besuch bei dem Lkw-Fahrer Juschtschik. Dieser sei mit drei

Genossen aus Belorussland geflohen. Während er nach Norwegen weiterzog, blieben seine Freunde Igor Serajew und Wladimir Tschaisad in Deutschland. Sie haben auch das E-Mail-Postfach von Juschtschik durchsucht und dabei ein älteres Foto entdeckt, auf dem das Mädchen mit dem Muttermal abgebildet ist. Es wurde aufgenommen, bevor die beiden Russen in Deutschland verhaftet wurden.

Den Polizisten war es aber nicht gelungen, herauszufinden, weshalb er dieses Foto von Tschaisad bekommen hatte. Sie haben ihm aber erklärt, wenn dem Mädchen etwas widerfährt, dass er als Täter verdächtigt wird. Als Juschtschik wiederholt seine Unschuld beteuert hatte, beendeten sie die Durchsuchung und verließen wieder seine Wohnung."

Das war der Bericht, der leider keine Klärung brachte, sondern viele neue Fragen aufgeworfen hatte. Fred Luchs fügte der E-Mail noch einen Abschlusssatz hinzu:

„Oliver, bleib du weiter auf der Hut und suche unverdrossen weiter. Vielleicht findest du die beiden Nadeln im norwegischen Heuhaufen.

Beste Grüße von deinem Team aus Staaken."

Nun gönnte sich der Urlauber ein paar erholsame Stunden im Liegestuhl hinter dem Häuschen.

Nachdem er gute 2 Stunden die norwegische Sonne genossen hatte, bereitete er sich ein kleines

Abendbrot, sah noch den Anfang eines deutschen Krimis, schaltete dann aber den Fernseher aus, weil ihm zu viele Gedanken durch den Kopf gingen. Ohnehin hätte er den Krimi nur bruchstückweise mitbekommen, also ließ er es sein. Für ihn war es viel wichtiger, die Erlebnisse der letzten Tage zu verarbeiten. Doch das Durcheinander der Gedanken und ungelösten Probleme machten ihn müde und so schlief Oliver bald ein. Nun konnte er sich gefühlte vier Stunden erholen. Aber plötzlich erschrak er von einem lauten Knall und einem tosenden Lärm. Ein breiter roter Feuerstrahl schoss in den Himmel und wurde zu einem glutroten Feuerpilz. Gegenstände flogen durch die Luft und krachten auf die Erde. Er sprang aus dem Bett, flitzte zum Fenster und erblickte nur ein Chaos. Menschen rannten durcheinander und plötzlich fiel wie aus heiterem Himmel Jenny vor sein Fenster auf den Gehweg. Ihr Gesicht war blutüberströmt. Was war geschehen?

Oliver rieb sich die Augen und spürte über sich die warme Bettdecke. Vor seinem Haus waren zwei Männer dabei, die große Müllpresse zu füttern. Sie verbreitete einen ungeheuren Lärm. Aber sonst war die Straße noch menschenleer.

Was für einen fürchterlichen Albtraum hatte er durchlebt? Oliver schlief wieder ein und wachte erst mit dem Weckerklingeln auf.

TAG 50:

Es schien heute wieder ein sonniger Sommertag zu werden. Gleich nach dem Frühstück raffte sich Oliver auf, um weiter zu suchen. Er konnte nicht anders, denn es ließ ihm keine Ruhe, dass er die beiden auf keiner der vermuteten Inseln gefunden hatte. So startete er deshalb einen zweiten Anlauf zur Insel Reinøva. Den schönen Weg kannte er bereits und die Straßen waren sehr wenig befahren. Alles vollzog sich in beschaulicher Ruhe. Es dauerte nicht lange, da stand er wieder vor dem verfallenen Holzhaus. Auf der Bank vor einem kleinen Haus bergab, konnte Oliver den alten Mann erkennen, den er bereits gestern gesehen hatte. Heute rauchte er nicht, wahrscheinlich wollte er die unverbrauchte Morgenluft genießen. Wieder stand der Alte auf, ging auf Oliver zu und sprach ihn an:

„Das kann man nicht mehr vermieten, das ist nur noch ein Stück gelebtes Leben! – Wollten Sie es denn mieten?"

Als dann Oliver in fließendem Norwegisch mit „Nein, ich nicht," antwortete, merkte er, dass Oliver von hier war und sagte nur noch:

„Vor einigen Tagen standen zwei Frauen davor und fragten mich, wo sie die Besitzer finden könnten?"

Nun wurde Oliver neugierig: „Und, wo sind die Besitzer?"

„Die Besitzer sind tot. Aber ihr Sohn hat weiter westlich am Fuße des Felsens ein neues Ferienhaus gebaut. Es sieht einwandfrei aus, ist aber nur für zwei oder drei Personen geeignet. Das ist ein tüchtiger Bursche, was der anfasst, das gelingt. Er ist genau so, wie sein Vater war."

Damit verabschiedete sich der alte Mann und ging auf seinen Stock gestützt, gemächlich den Bergweg hinab und setzt sich wieder auf seine Bank. Bald aber verschwand er hinter seinem roten Holzhaus.

Diese Begegnung hatte bei Oliver ein sicheres Gefühl aufkommen lassen. Nicht nur, dass man in einem Luxusauto Brotkrümel entdeckt hatte, sondern dass sich zwei weibliche Personen nach einem Ferienhaus umgesehen hatten, ließen ihn hoffen, sie hier zu finden. Aber warum kamen die beiden genau hier her?

Hatten die Garbers ihnen nicht die Wahrheit gesagt und kannten das Haus doch?

Diese Fragen waren aber momentan uninteressant. Er fuhr also zu dem neu gebauten Ferienhaus, das er auch in dem kleinen Dorf schnell gefunden hatte. Die Fenster waren allerdings geschlossen und innen die Vorhänge zugezogen. Er konnte daher nicht erkennen, ob dieses Haus vermietet war. Hatte denn Anna überhaupt Geld für die übliche Kaution und auch für die Miete?

Da er hier niemanden antraf, ging er zum Hafen. Dort stillte er seinen Mittagshunger mit zwei leckeren Fischbrötchen und fing wieder an zu überlegen, auf welche Art und Weise die Vermissten gefunden werden konnten.

Er griff nach seinem Bild von Jenny und fragte alle, die ihm über den Weg liefen, ob sie dieses Mädchen mit dem Muttermal schon einmal gesehen hätten. Dabei hörte er immer wieder „Nei", aber plötzlich war ein einziges „Ja" dazwischen.

Sofort wollte er mehr wissen und fragte: „Wo hast du das Mädchen denn gesehen?" Da antwortete der junge Mann, der offensichtlich auch einer von den Fischern war:

„Hier am Fischereihafen. So eine hübsche Norwegerin sieht man nicht oft! Ich hatte sie angesprochen, sie hat nicht geantwortet, mich nur angelächelt, das war aber auch schön!"

Oliver dachte bei sich:

„Wie soll sie auch antworten, wenn sie nicht norwegisch spricht."

Seine Überlegung, dass das Mädchen die Sprache nicht kannte, brachte ihn auf die Idee, dass die Mutter versuchen würde, Jenny zur Schule gehen zu lassen, um auch die Sprache zu erlernen.

Dieser Gedanke faszinierte ihn und er suchte sofort auf seinem Navi nach Schulen oder Gymnasien. Da erschien als Fahrziel: ‚Albert_Krims Gymnasium' in Tromsø. Oliver setzte den Motor in

Gang und fuhr zu dem Gymnasium. Dort betrat er das Sekretariat und fragte, ob in dieses Gymnasium das Mädchen mit dem Muttermal gehen würde und zeigte dabei das Bild. Die Sekretärin antwortete prompt:

„Ja, dieses deutsche Mädchen war hier gewesen mit ihrer Mutter. Sie fragte, ob wir sie einschulen könnten. Ich erklärte ihr, dass das aber nur zu bestimmten Zeitpunkten möglich ist, nur nach Abschluss einer Lehrperiode. Außerdem müssten sie dann ihre Personalausweise und ihre Aufenthaltsgenehmigungen mitbringen. Ich sagte, sie sollten in drei Tagen wiederkommen, dann könnten wir sie aufnehmen."

Mit einem ‚Dankeschön' verließ er das Gymnasium und fuhr erst einmal nach Hause. Hier schrieb er eine E-Mail an seine Kollegen und teilte ihnen den ersten Teilerfolg der Norwegen-Mission mit.

Am Abend setzte sich Oliver in sein Auto, nahm seine Tasche mit und fuhr zu dem Ferienhaus, in dem er die beiden Frauen vermutete. Es war hell und das kleine Dorf auf der Insel lag malerisch da im Abendlicht der tiefer stehenden Sonne, die um diese Zeit nicht untergeht.

Oliver hielt vor dem Haus, stellte den Motor ab, nahm seine Aktentasche und stieg aus. Neben der Eingangstür war auf der rechten Seite ein Klingelknopf ohne Namensschild. Er klingelte und wartete einen Augenblick.

Da öffnete jemand ganz langsam die Haustür, aber weit genug, den Fremden zu sehen. Nun wurde die Tür ganz geöffnet und Oliver stand dem Mädchen mit dem Muttermal gegenüber. Er sagte nur:

„Nice to see you!"

Ein zaghaftes "Thank you!" kam ihm entgegen. Dann hörte er eine Frauenstimme sagen:

„Please, come in!"

Jetzt wusste er, das musste Anna Petersen sein.

Als Anna einen Stuhl unter dem Tisch hervorzog, machte sie eine Handbewegung, die bedeuten sollte: „Nehmen Sie doch Platz!" Oliver verstand die wortlose Geste und setzte sich. Dann nahmen auch Jenny und Anna am Tisch Platz. Oliver griff, ohne ein Wort zu sagen, in seine Aktentasche, holte Annas Personalausweis heraus, legte ihn vor Anna auf den Tisch und griff noch einmal in die Aktentasche und legte nun Jennys Schülerausweis vor sie. Beide schauten sich und den Fremden verwundert an. Der letzte Griff in die Tasche löste dabei eine Überraschung aus, denn Oliver breitete wie ein routinierter Kartenspieler 50 Banknoten auf den Tisch aus. Es waren 50er Euro-Scheine.

Oliver sagte kein Wort und auch den Frauen war die Sprache weggeblieben. Für einige Sekunden war es totenstill in der Hütte, man hätte eine Stecknadel fallen hören können.

Nun fing Oliver an, dieses seltsame Spiel in deutscher Sprache zu erklären:

„Ich bin Oliver Kutzner und mache für ein paar Tage Urlaub in Schweden. In Deutschland bin ich Kriminalpolizist und gehöre der SOKO Petersen an. Seit einiger Zeit durchsuchen wir die unterschiedlichsten Orte in Deutschland, weil wir den staatlichen Auftrag haben, vermisste Menschen zu finden. Ebenso suchen wir nach Ihnen schon eine ganze Weile und obendrein auch sehr gründlich. Heute endlich habe ich Sie beide gefunden. Das Geld, das ich Ihnen auf den Tisch gelegt habe, ist Ihr Geld. Es ist der erste Anteil dessen, was Sie Anna von ihrem Vater bekommen und in der Abseite versteckt hatten. – Ich muss Ihnen aber noch einiges erklären, was Sie traurig stimmen wird.

Frau Petersen, bei der Suche nach Familienmitgliedern sind wir in einem Wald auf einen ausgebrannten Bauwagen der Waldarbeiter gestoßen. Darin fanden wir die Leiche von Ihrem Mann."

Anna hielt sich vor Schreck die Hand vor den Mund und Jenny schluckte und begann zu weinen. Auf einmal herrschte traurige Stille. Die Geldscheine, die er zuvor ausgebreitet hatte, fanden keine Beachtung. Nach einem Moment begann Anna:

„Der arme Knut. Er wollte immer das Beste für uns alle. Leider hatte er die falschen Freunde gefunden und sich selbst überschätzt. Als Knut gemerkt hatte, dass es nicht weitergeht, hatten ihn wohl Kraft und Zuversicht verlassen. Wir hatten vereinbart, dass er nachkommt, wenn unser kleiner Mike die Erde verlassen hat. Wir wollten ein neues, ehrliches Leben beginnen. Es sollte nicht sein. Und was ist mit Mike geschehen?"

Oliver holte aus seiner Aktentasche ein Foto von dem kleinen Grab mit dem geschnitzten Kreuz mit der Inschrift „MIKE" heraus. Und er erzählte weiter:

„Mike ist ruhig eingeschlafen, aber nicht mehr aufgewacht. Gott hat ihn zu sich geholt!"

Beide schauten wie gebannt auf das Foto und ihre Augen wurden wieder feucht.

„Das kleine Kreuz trägt eine Inschrift und wie mit kraftloser Hand geschnitzt steht da sein Name. Knut hatte das als Letztes gemacht, bevor ihn sein Lebensmut verlassen hatte.

Frau Petersen, glauben Sie mir, es ist keine leichte Aufgabe für mich, Ihnen diese traurige Botschaft zu überbringen.

Da wir sie beide gefunden haben, kann der Vermisstenfall zwar abgeschlossen werden, aber vorher sind noch einige Fragen zu klären."

Nun wollten Mutter und Tochter noch mehr wissen, was sich alles zugetragen hatte. Sie hörten aufmerksam zu, hingen fast an seinen Lippen, denn Oliver konnte gut, ruhig und sachlich von allem berichten. Als er versichern konnte, dass die Russen zu einer europaweit gesuchten Drogenbande gehörten und nun für viele Jahre im Gefängnis sind, atmeten beide erleichtert auf.

Mittlerweile hatte Oliver schon fast eine Stunde alles geschildert. Da sagte er:

„Nun habe ich einige Fragen. Als Erstes möchte ich von Ihnen das wissen, was auch immer wieder in unseren Dienstbesprechungen unbeantwortet blieb:

‚Warum haben Sie Ihren schwer kranken Mike nicht mitgenommen?"

Man merkte Anna an, dass ihr diese Antwort schwerfiel und ihre Augen wieder trüb und feucht wurden:

„Als uns die Helferin des MDK am Abend Mike zurückbrachte, erklärte sie uns, dass an diesem Tag der Arzt in das Heim zu Mike gerufen werden musste. Er war vollkommen entkräftet und aß nicht mehr, wollte nur noch trinken. In diesem Zustand hätte er eine Flucht nicht antreten können. Da wir beide aber große Angst hatten, dass die Russen die Drohung wahr machen würden, uns beide zu töten, mussten meine Tochter und ich schnellstens fliehen. So kamen mein Mann und ich zu folgender Lösung: Er kannte einen verlassenen Bauwagen der Waldarbeiter und wollte mit Mike dorthin und ihn so lange in seine Obhut nehmen, bis sein Herz aufhörte zu schlagen. Knut selbst musste einsehen, dass er sich und seiner Familie aus purem Erfolgsstreben zu viel zugemutet hatte. Er fühlte sich wohl ausweglos schuldig und sah nur diese Lösung."

„Woher kannten Sie diese alte, inzwischen verfallene Hütte oben am Berg?"

Das konnte Anna erklären:
„Als meine Eltern von dem alten Ehepaar, dem die Gärtnerei gehörte, das Wohnhaus kauften, wurde ich mit hinzugebeten. Da sah ich das Bild und fragte die Gärtnersfrau, wo das wäre. Da erzählte sie mir von ihren Urlauben in Skandinavien und dass sie auch einmal in dieser Hütte gewohnt hätten. Das gefiel mir und sie gab mir die Adresse. Meinen Eltern hatte ich das nie erzählt."

„Da habe ich die nächste Frage, warum Sie nicht bis Lund mitgefahren sind, das wäre doch bequemer gewesen?"

„Bequem ja, aber nur bis zur Grenzkontrolle, denn wir besaßen doch keine Personalausweise."

"Wir waren nämlich bei Fahrzeugkontrollen auf einen Fahrer eines Pkw gestoßen, der uns berichtete, zwei weibliche Personen bis zur

Autobahnraststätte   Braunschweig   –   Ost
mitgenommen zu haben."

Kutzner gab sich noch nicht zufrieden und bohrte
weiter:

„Was war das für eine Aktion mit dem kleinen
Loch in der weißen Haube und dem Band von 2
Metern Länge?"

Diese Aktion konnte Anna nun genau schildern:

„Ich hatte schon lange darüber nachgedacht, wie
die Fahrer in die Autos kommen, wenn eine
Haube darüber und nur vor der Frontscheibe eine
Klarsichtfolie vorhanden ist. So stehen sie auf den
Autotransportern. Anfangs wunderte ich mich,
aber als ich ein berufliches Gespräch im FWW mit
einem Mitarbeiter führen durfte, ging es um eine
Transportversicherung mit diesen Hauben. Dabei
habe ich eine ausführliche und gleichzeitig
hilfreiche Antwort erhalten.

Nun fragte ich mich, was muss ich tun, wenn ich
mich in ein so verpacktes Auto hineinschmuggeln
und darin bleiben will? Wie stellt man da wieder
Ordnung her, ohne dass etwas zu merken ist? –
Da kam mir die Idee mit der Schnur. Ich binde sie
an dem unteren Saum der Haube an, schiebe diese
soweit hoch, dass ich mit etwas Mühe einsteigen
kann, nehme die Schnur mit ins Auto und schließe
dann die Tür bis auf einen kleinen Spalt. Jetzt
zerre ich an der Schnur, die unter der Tür in das
Auto geführt wurde. Dabei wird die Haube nach

unten gezogen und alles ist dann wieder ordentlich hergestellt und keiner bemerkt den blinden Passagier. - Leider konnte ich dieses Verfahren nicht ausprobieren. Ich sah diese aber als eine der wenigen Möglichkeiten, ungesehen über die Staatsgrenze zu kommen. Diese Gedanken gingen mir durch den Kopf am Tage vor dem Verlassen unseres Hauses.

Bei diesem fachlichen Gespräch wegen der Transportversicherung hatte ich erfahren, dass die Fahrer der Autotransporter nach Skandinavien sich vor ihrer Abfahrt noch einmal in dem Restaurant in der Raststätte Braunschweig – Ost treffen, um sich gemeinsam vor der langen Fahrt bei einem Kaffee zu unterhalten.

Als ich wusste, dass wir fliehen müssten, fiel mir diese Fluchtvariante wieder ein. Also nahm ich mir auf unsere Flucht ein dünnes Band mit. Nachdem wir aus dem Auto, das nach Lund fuhr, ausgestiegen waren, suchten wir uns ein ruhiges Versteck im Wald, wo wir uns ausruhen konnten und um den Abend abzuwarten. Mitten in der Nacht schlichen Jenny und ich auf den Parkplatz der Raststätte. Wir kletterten vorsichtig auf den Trailer und konnten ungesehen unter die Haube kommen. Es hatte geklappt. Wer hat schon die Chance, in einer teuren Luxuskarosse kostenlos nach Norwegen zu reisen?"

Oliver fasste nun zusammen und erklärte:

„Sie haben es geschafft und ungeachtet aller Hemmnisse als freie Menschen ein freies Land erreicht. Gegen Sie liegt aus polizeilicher Sicht nichts vor und die Russen brauchen Sie nicht zu fürchten, die sind für Jahre weggesperrt. Wann kommen Sie denn wieder nach Deutschland zurück?"

Jetzt kommt es wie aus einem Munde von beiden: „Nie mehr!"

„Da Sie bis jetzt nur einen kleinen Teil Ihres Geldes zurückbekommen haben, werden wir in den nächsten Tagen den Rest auf Ihr norwegisches Konto überweisen."

„Danke, das können wir gut gebrauchen. Wir möchten hier ein neues ruhiges Leben anfangen, die Sprache erlernen und Arbeit finden.

Wenn wir zurückkehrten, würde das Haus immer wieder schmerzhafte Erinnerungen an Mike und das Schicksal meines Mannes wecken. Alles Weitere wird sich zeigen. Vielleicht holen wir meine Eltern einmal hier her!"

Oliver verabschiedete sich, fuhr in sein Ferienhaus und fiel nach erfolgreichem Abschluss seines „Dienstauftrages" geschafft in sein Bett.

Quellennachweis: Sachliche Informationen über Länder, Städte und Institutionen sind dem Sammelwerk von WIKIPEDIA entnommen.